下一个车站

[日] 黑孩 —— 著

天津出版传媒集团

百花文艺出版社

图书在版编目（CIP）数据

下一个车站 /（日）黑孩著. -- 天津：百花文艺出版社, 2025.7. -- ISBN 978-7-5306-9087-1

Ⅰ. I313.45

中国国家版本馆 CIP 数据核字第 2025B32D37 号

下一个车站
XIA YI GE CHEZHAN

［日］黑孩 著

出 版 人：薛印胜　　**选题策划**：徐福伟
责任编辑：李　跃　　**装帧设计**：任　彦
出版发行：百花文艺出版社
地址：天津市和平区西康路 35 号　　**邮编**：300051
电话传真：+86-22-23332651（发行部）
　　　　　　+86-22-23332656（总编室）
　　　　　　+86-22-23332478（邮购部）
网址：http://www.baihuawenyi.com
印刷：天津新华印务有限公司
开本：900 毫米×1300 毫米　　1/32
字数：113 千字
印张：6.5
版次：2025 年 7 月第 1 版
印次：2025 年 7 月第 1 次印刷
定价：46.00 元

如有印装质量问题，请与天津新华印务有限公司联系调换
地址：天津东丽开发区五经路 23 号
电话：(022)58160306　邮编：300300

1

早上，我在致远抚摸我头发的动作中醒过来，迟疑了好久才对他说了一句"早"，他也回了我一句"早"。

说真的，我很惊讶，除了呼吸变得急促起来，面颊也发烫了。从睁开眼睛的那个瞬间开始，我所感觉到的，就是所谓的不习惯和不安。因为致远好久没有这么温柔过了，好久没有碰过我的身体了。怎么说呢，我们处于冷漠的状态已经有一段时间了。我一直在想接下来有可能发生的事，也许他有了什么新的想法，说不定跟改善我们的关系有关。

致远先起床，然后去窗边拉开窗帘，灿烂的阳光一下子涌进房间。他让我不要急着起床，想睡到几点就睡到几点。

我想起来了，今天是周末。

我还是马上起床，看他已经刷完牙了，就问他早饭想吃点儿什么，并主动表示由我来做。我希望他能够理解我这是在讨好他。他没有马上回话，而是站在饭桌前想了几秒钟，看上去有点儿漫不经心地说他不想吃早饭，想中午跟我一起去附近的火锅店。

我烤了一片面包，煎了一个荷包蛋，一个人坐在饭桌前默默吃着。喝咖啡的时候，我看见致远去了书房。结婚以来，我从来没见过他把工作带回家里。一般的情形是，赶上休息日，他要么蜷缩在沙发上看电视，要么玩一种赛车游戏，中饭后还会睡个午觉，给我的感觉是他喜欢这样安逸的生活。

致远久久不出书房，我迟疑了一下，还是冲了一杯咖啡端进去，看见他低着头在一张纸上写着什么。我问是不是打扰了他的工作。他回答说没有，还说他不是在工作。我并非有意要看他写了什么，但往桌子上放咖啡杯的时候，纸上五个醒目的大字跃入我的眼帘：离婚协议书。我注意到男方的名字是他自己的名字，女方的名字是我的名字，不由得打了一个寒战。

躲开这个难堪的场面很容易，只要假装没看见就可以了，但是我没忍住问了致远："你在写离婚协议书？是想跟我离婚吗？是来真格的吗？"他不作任何回答，好像什么事都没有发生似的喝了一口咖啡。我不得不重复问他："你是不是在跟我开玩笑？我真的不明白。"他拉过旁边的椅子摆在对面，让我坐下。我坐下后，他一脸严肃地告诉我，他想离婚已经很久了。他是认真的，没有一点儿开玩笑的意思。他说话的语气，比以往任何时候都要温柔，而我一句话也说不出来。最后，他很有礼貌地补充了一句："说真的，我也觉得非常非常遗憾。"

致远说的话，包括他的神情和语调，都给了我一种异样的感觉。我感觉自尊心被刺伤了，气急败坏地对他说："为什么要离婚？你觉得离婚是儿戏吗？即使你想离婚也应该提前跟我打一声招呼吧。你单方面提出离婚，难道不觉得很过分吗？"出乎意料的是，他不说话，也不躲避我的目光，斩钉截铁地冲我点了两下头。他的坚定让我感到一阵眩晕，天地都开始旋转。事实上，对于我来说，他是我生活的一半，是我生命的一部分，是家存在的意义，而现在我就要失去这一切了。我的心似被刀绞过，泪水一下子涌了出来。

之后跟致远面对面地坐了多长时间，现在我已经记不清楚了，只记得从口袋里掏出手帕擦泪的时候，我清醒地意识到，手帕是他在某一次出差时买给我的礼物。手帕的图案是一只白色的小兔子。小兔子足够证明他对我的用心，因为我属兔。他给我手帕的事，感觉仿佛就是昨天那么近。不仅仅是手帕，曾经我想吃冰糖葫芦，他会不计时间地跑出去帮我买。曾经我下班回家赶上下雨，他感冒发烧了也会跑到车站为我送伞。我注视着他的一头鬈发，除了不变的喜爱之情，心里充满的是一百种一千种的失落。

我决定保持冷静。本来想告诉他我不愿意离婚，但不知为什么又觉得将这句话直接说出来有点儿羞愧。或许是自尊心作祟，我开口后竟然责备他："为什么一点儿心理准备的时间都不给我？为什么一边想着离婚，一边还在今天早上抚摸我的头发？是为了戏弄我吗？"他平静地看着我，说他之所以在今天早上抚摸我的头发，正是因为要跟我离婚了，也许连他自己也不愿意承认，他对我多多少少还是有一点儿迷恋的。我苦笑了一下，重复了一遍他的话——"一点儿迷恋"。他赶紧说是真的。我想知道他是在什么时候决定离婚的，他回答说是上个星期。我倒吸了一口凉气。

致远拿起他刚刚写好的离婚协议书，问我可不可以在上面签下我的名字。我说："不能，至少现在不能。"他把离婚协议书放回桌上，一边收笔，一边说他愿意给我一段时间，并等到我愿意在协议书上签字为止。说真的，我还是第一次觉得他面目可憎。我明明受了伤害，而他却带着微笑对我说："既然是协议离婚，我就绝对不会强求你做你不想做的事。"说完，他站起身，看样子是打算在留下这句话后离开书房。我急忙叫住他，问他可不可以告诉我他决定离婚的原因。问这话的时候我也站了起来，跟他面对面。他看起来依旧很好看，白净的皮肤、大眼睛、鸭子嘴。因为他的个子很高，有一米八，所以窄小的书房在感觉上就有了一股空间上的压力。他想了很久才对我说："我也是别无选择。"我说："我还是不明白。"他盯了我一阵，下决心似的说，这样的结局并不是他的错。在他看来，即使两个人是夫妻，如果一方

　　　　　　　　　下一个车站

做的事会伤害到另一方，那么坚持说谎到最后，自始至终将事实掩盖起来的做法，才是上策。按他的解释，一旦将那个令对方伤心的事实袒露出来，即使理智上能接受，感情上却未见得能过得去。我自然知道他指的是什么事。果然他沉默了一阵又对我说："你不该把刘启明的事告诉我，真的。如果你坚持说你从来没有去过刘启明的家，坚持说你从来没有在乎过他，也许我不会做出离婚的决定。"他说完便快速走出书房，被留下来的我看起来无足轻重。

我知道中午不可能跟致远一起去火锅店了，他想在吃火锅时告诉我的事，已经提前被我撞破了。我坐回椅子上，把两只脚搁在他刚才坐过的椅子上，闭了一会儿眼睛。

我有气无力地从书架上抽出刘启明送我的两本书，翻开其中一本，刘启明的头像端端正正地印在扉页上面。照片是黑白的。

2

去年七月，我受邀去山东威海参加一个笔会，报到当天，晚饭就定在我们下榻的酒店餐厅。过了晚上六点，人陆陆续续地到了，但主办单位的负责人迟迟不肯宣布开饭。有几个人开始抱怨，于是负责人就不知所措地看着大家，恳请大家再稍微等一会儿，因为刘启明所乘的火车已经到了威海,司机已经接到了人,正在赶来的路上。

为了不弄错,我问坐在身边的人:"刘启明是不是写《孤独与离异》的那个刘启明?"他说:"是。"

《孤独与离异》这部小说我读过。有人评价这部小说看似絮絮叨叨,甚至情节上不见波澜,但把作者内心的骚动淋漓尽致地展现了出来,堪称当代中国男人的内心独白。很多读者把这部小说看成是作者的自传,我也这么认为,并因此断定刘启明是一个离过婚的独身男人。

当刘启明在司机的陪同下走向饭桌的时候,几十双眼睛不约而同地看着他。

时至今日,我依旧想把刘启明那天给我的印象从脑子里、心里洗刷出去,但是办不到。那天他身穿白色无领衬衫、黑色长裤。不知道是不是过于自信的原因,他竟然光着脚丫穿了一双沙滩拖鞋。他从左到右地将我们扫视了一遍,淡淡地说:"对不起,让大家久等了。其实我特地嘱咐过不用等我的。"

说不清为什么,刘启明给我的第一印象比较伤感,尤其是他的声音,听起来缺少一种相对安定的感觉。吃饭前,主办单位的负责人让大家做一下自我介绍,但是他站起来制止了,说大家为了等他,已经浪费了不少宝贵的时间,他自己的肚子也饿得受不了,还是免去客套先吃饭才对。说真的,我开始感谢他,因为我的肚子也早就饿得咕咕叫了。可

　　　　　　　　　　　　　　　下一个车站

能大家跟我一样饿,这顿饭吃得非常快,饭桌上的碗和盘子马上就空了。当着许多陌生人的面,我没好意思喝太多的酒,只喝了一小杯红葡萄酒。酒足饭饱后,主办单位的负责人建议大家进行交流,还是他出来制止,说不妨进行所谓的自由交流。

我一大早就拖着一个皮箱赶火车,此时觉得非常非常累,只想早点儿回房间休息。再说我不是作家,只是来做采访的,所以当大家聚成三五堆的时候,我没有跟任何人打招呼,悄悄地溜出了餐厅,没想到在楼道里竟碰见了刘启明。这么巧,他的房间就在我隔壁。他向我问好,问我怎么不跟大家交流,偷偷跑回来。我说我累了。他又问我叫什么名字。我提高了嗓门儿回答说:“张可卿。”我推开房间的门,听见他说了一句“再见”。进房间后,过了大半天我才反应过来,他也是避开了跟大家的自由交流,一个人偷偷溜回房间的。

笔会要开一个星期,基本内容就是会议和采风,剩下的自由时间,有人去沙滩漫步,有人互相串房间聊天,也有人去海里游泳。

以我的眼光来看,刘启明说不上好看,也不年轻,但是他有一张精力充沛的面孔,尤其他深褐色的皮肤给人一种帅气的感觉。置身于蓝天、碧海和白沙之间,大家都喜欢看他。我也没有理由不偷偷看他,还特别喜欢看他穿着泳裤的半裸的身体。应该不是有意的,他总是第一个跳到海里,总是游到离海岸很远很远的地方，有时候甚至让大家担心他的安全。不知道为什么，他的目光老是跟我的目光碰在一起，虽然我会马上将视线移开，但依然可以确定，他闪烁的眼神中有一种不确定的个人情绪。一次吃完饭，他刚好坐在我旁边。他穿了一条黑色的短裤，接近完美的两条腿紧挨着我。坐在我身边的王洁媛，迷离恍惚地附在我的耳边说："刘启明的腿真好看、真性感啊。"我让她克制一点儿，别让刘启明觉察到她的心思。她笑嘻嘻地回答说："他觉察到了也无所谓，我只是欣赏他的腿而已啊，他的腿真的非常抢眼。"我不再说话，一边吃一边有意无意地看几眼刘启明的腿，酒杯和水杯都搞混了好几次。

那天晚饭后，刘启明突然问我和王洁媛，是否愿意去他的房间聊聊天。他说他在酒店的小卖部里买了一包茶和几罐啤酒。王洁媛的眼睛闪闪发光，开心地说："愿意。"我当然也做出了愉悦的反应，跟着王洁媛说想去。他看起来很高兴，说要先回去准备一下，二十分钟后在房间里等我们。

酒店的房间都是同一个模式，除了两张单人床，只有两个单人沙发和一张不大的方桌。刘启明坐在他睡觉的那张床上，王洁媛和我坐在另外一张床上。我们面对面地坐着，我还是第一次这么近地直视他。他长着一双细长的眼睛，单眼皮。实际上，谁都不知道，我从来都不觉得双眼皮的人好看。是的，我觉得好看的人其实是单眼皮。

下一个车站

我跟王洁媛来刘启明的房间之前，他已经把那张不大的方桌从沙发那里挪到了两张床中间。方桌上放着几瓶青岛啤酒。他问我们："一起喝点儿酒怎么样？"王洁媛不喝酒，而我喜欢喝酒，刚才吃饭的时候，当着大家的面没好意思多喝，于是就答应了。房间里没有酒杯，刘启明把啤酒倒在茶杯里。王洁媛用茶水跟我俩碰杯。

　　一口气喝了半杯，我的脸很快就热起来了。刘启明突然叫了我一声："可卿。"我迟疑了一下，想纠正他叫我小张，但没有把话说出来，只是"嗯"了一声。完全是意外，房间里突然间漆黑一片，王洁媛大声地说："停电了。"黑暗中，刘启明说："停电一般不会停很长时间，最好先坐着别动。"三个人屏住气息坐在黑暗中，我取方桌上的茶杯时，恰巧碰到了刘启明的手，心里不由得涌过了一阵战栗。再一次触碰到他的手时，我跟他都没有马上将手缩回，接着我的手被他轻轻地捏了一下。我不能解释自己的心情，但能够清清楚楚感知到黑暗和沉默中潜藏着某种危险，忽然有点儿害怕。我叫了一声王洁媛，对她说："我们还是去外边走走吧。"

　　刘启明跟着我和王洁媛走出酒店，王洁媛说她想起有一件事要处理，急急地离开了。依我看，王洁媛太聪明了，一定是感知到刘启明跟我之间的气氛不对劲，故意找借口溜掉的。

　　酒店离海很近，我们没走几分钟就看到了一大片黑黝黝的海。海浪的喧闹近在耳畔。我默默地站在海滩上，刘启明默默地站在我的身边，我能感觉到他过于琐碎的呼吸声。我喜欢这样的海，它给我一种非常舒服的感觉：朦胧、柔和而遥远。

刘启明开口说："周围真是安静。"

我说："可是海浪声很大啊。"

刘启明走到我的对面，闪闪发光的眼睛凝视着我，接着他把嘴唇轻轻地贴在我的额头上。他还想拥抱我，但是我躲开了他的双手，说："我想回酒店了。"他说："对不起。"回酒店的路上，他告诉我他特别想游泳，特别想脱光了衣服裸泳。我"哈"了一声。他说没有裸泳过的人不可能感知到那种与自然拥抱在一起的快乐。我问他："所谓'与自然拥抱在一起的快乐'是不是指原始的快乐？"他说："也可以这么形容。"我笑起来，他突然匆忙地在我的面颊上吻了一下。我小声地对他说："别这样，也许其他文友也在散步，我可不想被误会。"这时候，街灯一起亮了起来。他深深地吸了一口气说："人间灯火就是黑暗中的光芒。"

回到自己的房间，回想刚刚发生的事情，我的呼吸变得急促。说真的，结婚后我还是第一次碰到这种事。黑暗中的两次吻很像心中不可告人的秘密，也像一种病态的激情。夜已经深了，但我就是睡不着，在本来就不宽大的床上辗转反侧。明天还会在吃饭、研讨作品以及游泳的时候碰到刘启明,我该用什么样的态度对待他呢?我不知道他对我的感情是否当真,他的吻来得太快了。但真正的问题不在他而在我。我已经结了婚,有一个叫致远的丈夫。我不敢玩这种危险的游戏,还有,我也根本不了解刘启明是一个什么样的人。

令我烦恼的是,我并不爱刚刚认识不久的刘启明,却会不断地想起他。我的感情很暧昧,唯一清楚的一点就是,突然产生的某种感觉令我觉得这样的遭遇很新鲜,甚至还带点儿刺激。但是,我这样告诫自己:不管刘启明有没有那个意思,当致远出现在心头,我肯定没有理由继续想刘启明了,但愿他也不要把一时的激情或者说酒后的激情当真。

我觉得挺对不住致远的。

第二天早晨,我去酒店餐厅吃早餐。刘启明已经坐在王洁媛的身边了,我刻意挑了一个离他比较远的位置,却恰好正对他的视线。跟王洁媛打招呼的时候,我假装不经意地看到了他,并点了一下头。他微微地张开嘴看着我,神情中有一种不安,或者说焦灼,或者说心神不宁。我吃了面包,喝了咖啡,然后跟坐在身边的人漫不经心地闲聊。不知道为什么,我觉得他的视线停留在我的额头上了。也许他还能辨别出那个他印在我额头上的甜蜜的痕迹吧。如果不是饭桌太大,我跟他的距离太远,也许他会在饭桌下面拉我的手,或者触碰我的腿吧。不过我已经告诫自己要谨言慎行了,所以得装作什么都没有发生过。我快速地吃完早餐，站起身跟大家打了个招呼就离开了。不知道为什么，这么做似乎令我松了一口气。

上午的活动依旧是游泳。

我跟着大家走进大海。我喜欢将身体套在游泳圈里，喜欢海浪迎头扑过来时，借游泳圈的浮力猛地蹿到浪尖上的感觉。虽然我并不会游泳，但是借着游泳圈的力量，却可以得到跟大家一样的快乐。不久，王洁媛游到我身边，说真的，她游得真好，仿佛一条畅游的美人鱼，身体在水中呈现出美丽的曲线。

太阳已经升得很高了，光芒四射，海水变得斑斓，海水的泡沫看起来好像结晶，空气变得像固体一样可以抚摸。

刘启明出现在我的视线里。他在肩头扛着一个红蓝相间的大气垫，走过白色的沙滩，走进大海，然后将气垫用力甩出去。垫子在海浪中荡过来荡过去。这个画面太美了，像电影里的一个镜头。有几秒钟，我觉得海和天因为他的出现而迷离了，除了他，我什么都看不见了。接着，我看见他划动着双臂向我这边游来。他离我越来越近，他的膝盖已经触碰到我的膝盖了，我的心脏剧烈地跳动着，有一种混乱的冲动。

刘启明一来，王洁媛马上从我身边溜走了。我故意追着她的身影看，不看刘启明。可能刘启明觉得我是在装模作样,怒不可遏地抓住了我的游泳圈,奋力向大海深处游去。海水在身边激起哗哗啦啦的声音。一切都发生得很迅速,像一阵风一样,令我猝不及防。

我问刘启明:"你在干什么?"

刘启明回答说:"惩罚。"

我们离海岸相当远了。不会游泳的我,被刘启明带到这种水天相连的地方,自然会感到非常非常惊恐。大海深处的水让我起了一层鸡皮疙瘩。我上气不接下气地表明我不会游泳,拜托刘启明不要搞恶作剧。但是他将脸对着我的脸,问我还敢不敢惹他生气。我说我想不出做了什么惹他生气的事。他说我吃饭的时候故意不理睬他就是在惹他生气,而他把我拉到大海的深处就是要给我一点儿惩罚。我再一次警告他,说我并没有跟他开玩笑,我是真的不会游泳。我请他赶紧把我拖回岸边。他让我不要担心,因为他的游泳技术非常好。我说大家一定都在看着我们,说不定还会误以为我们之间有什么不正常的事情呢。他说没有人会关心我们,让我不用在乎。但是他又说我之所以心虚,是因为他昨天吻了我两次,我们之间确实存在着不正常的事情。我说那时候两个人都喝了酒,那两个吻不能算数,再说都是成年人了,这种事要拿得起放得下,不然就是自找麻烦。他嘲弄似的复述了一遍"拿得起放得下"。我求他别再提昨天的事了,他突然很明确地对我说:"可卿,我想要你。"

他又叫我可卿了。我的脸上一定是难以置信的神情,因为他对我说:"我说的是真心话。"

有一阵我说不出话来,觉得他说的其实是我最烦的一件事。我本来想尽早把跟他的关系(其实我跟他之间还没有建立任何关系)做一个了断,最好都装作忘记了酒后的那两个吻,而他现在蓄意挑出这件事,无疑令我觉得负担很重。我板着脸,劝他游戏到此为止,还说如果再玩下去的话,恐怕就无法原谅他了。他问我不肯原谅他的话会做什么。我声称要跟他老死不相往来,说完后抬起脚在他的腿上踢了两下。他笑了一阵,说:"好吧,既然你说你不想跟我玩下去了,那么我要问你一个正经的问题。你回北京后,还会不会想起我呢?"

我回答说:"我们认识都没有几天呢,但我应该不会马上忘记你,因为你对我实在太不尊重了。比如现在,你让我在大家面前难堪,你不知道我多担心大家误会我跟你之间的关系。你这样我行我素,完全不考虑我的感受,真是荒谬。"

刘启明二话不说便拖着我的游泳圈朝岸边游去。我自己也不知道为什么会这么想,我认为他用愚蠢的行动证明了我在他的心目中是轻佻的。让我恼火的是,他说的是他想要我而不是喜欢我。不过,也有可能是我把他话里的意思想歪了,他想要我未见得就是想跟我上床。但是,有时候漫不

　　　　　　　　下一个车站

经心的一句话真的会影响一个人的情绪,我就是觉得被他轻视了。

到了浅水处,我抱着游泳圈上了岸,刘启明继续站在我身边不肯离开。我环视四周,尴尬地对他说:"你这么做,害得我没有办法玩下去了。"

刘启明说:"没想到会惹恼你,很抱歉。我只是想把我内心的想法告诉你而已。"

我盯着刘启明的眼睛,恼怒地说:"你当着大家的面这么放肆地纠缠我,我的心情糟透了,现在我只能回酒店了。我想说,你虽然是一个大人,但真是太任性了,完全不考虑我的感受。"

3

回北京后,因为工作忙,也因为刘启明没有联系我,不久我真的将他忘记了。准确地说,平时我根本不会想起他。他走过我的身边,驻留了一小会儿,投下了一小片光影。

我不知道的是,刘启明从威海回到天津后,一直都在等我的电话。但真正使他烦恼的是另一件事。他发现他一边控制不住地想我,一边又对那个跟他正谈着恋爱的女人仍有感情。按照他的话来说,他对另外一个女人也很喜爱,他总是站在某一个角度欣赏她,好像是在欣赏一枝美丽的花,或者是欣赏一个美丽的花瓶。但在遇到我之后，他的感情忽然变得复杂起来，形容起来就是他觉得他想要我。令他不可思议的是，在他的感觉中，所谓的"要"，似乎不是带一个女人回家并跟她上床的那种事，但又说不清是什么。

一天，刘启明把那个叫梁一萍的女人叫到家里，诚恳地向她诉说了内心的困惑以及对我的感情。他把一切都说了出来，那一次笔会，那时候突然发生的停电，那两个猝不及防的吻。他对梁一萍说："如果你觉得不公平，你可以离开我。"梁一萍比我稍长几岁，长得非常美，在一家话剧团当演员。她说她愿意等下去，万一我这边不行了，而刘启明那时候还愿意考虑她的话，她也不介意。刘启明问她："你真的不介意吗？"她说："真的不介意。"她甚至怂恿刘启明早一点儿对我"采取行动"，因为这样的话，她等待的时间就会少一点儿。刘启明望着她的脸，心中生出了一股惋惜，感觉这张脸已经被自己修整过了，多了点儿什么又少了点儿什么。还有一点是他刚刚意识到的，就是他想跟梁一萍在一起的欲望比较简单，就好似寂寞的时候想养一只温顺的猫。

不久后的一天，我接到了一个电话，对方说自己姓郑，是 G 县县委办公室的秘书，打电话找我，是因为有人推荐了我，认为我可以为 G 县的一家工厂写报道。郑秘书简单地介绍了工厂的情况。这家工厂是制造不锈钢餐具的，近几年产品大量出口。G 县打算将这家工厂树为模范企业，所以想找一些媒体来宣传和推介，目的是将 G 县的其他企业也带动起来……我觉得写这样的报道有一定的意义和价值，便答应他跟单位的领导商量一下，并保证尽力而为。

接我去 G 县的是一辆忘记了牌子的黑色轿车。郑秘书带我走进酒店的时候是下午两点。他紧紧地握了一下我的手，让我先去房间休息，还让我在下午五点的时候到楼下的会客厅去，他会在那里等我。那家工厂的厂长要为我接风。

郑秘书离开后，我跟着酒店的服务生去房间。服务生离开后，我打开空调，在房间的沙发上静静地坐了一会儿。也许是小县城的原因，酒店的客人不多，窗外和门外一片寂静。后来我洗了个澡，换了一件像样的短袖套装，又给几个朋友打电话聊了点儿事，五点整去了酒店的会客厅。

郑秘书还是穿着接我时的那件灰色短袖衬衫，微笑着跟我打招呼，然后问我有没有休息一下。我说有。他让我跟着他走。我跟着他走出酒店，再一次坐上了那辆黑色的小轿车。

郑秘书指着路口的一家饭店对我说："就是这里。"跟着郑秘书走进饭店后，令我无法相信的是，刘启明竟然站在前台服务员的身边，正笑眯眯地看着我。我惊呆了，问郑秘书："让我来采访写报道的事是一个圈套吗？"郑秘书笑着回答说："算是圈套，但也不完全是圈套。"我控制住情绪，客气地等郑秘书解释。郑秘书说虽然采访写报道是为了让我来 G

县设下的一个局,但真的有一家工厂在等着我的采访。这时候,我们已经走到了刘启明的跟前,于是我问刘启明:"这一切是不是你刻意安排的?"他回答说:"是。"我对他说:"你这么做太失礼了,太任性了,万一被我们单位领导知道了,即使我满身都是嘴也解释不清的。"他讪讪地说:"你不要把事情想得这么严重嘛。"于是我向他指出:"这可是你的第二次恶作剧了,说真的,我们都是成年人,我不喜欢这样的恶作剧。"他殷勤地让我先坐下来,说:"事情可以慢慢聊。"我犹豫了一下,盯着郑秘书看。郑秘书微笑着伸手为我引路,走到一张圆桌前,抽出一张椅子,示意我坐下,接着又示意刘启明坐到我旁边的椅子上,他自己坐在了刘启明旁边的椅子上。我严肃地对刘启明说:"工作这种事,是不可以用来闹着玩的,不管你是怎么想的,反正我就是觉得不舒服。"他先是跟我道歉,然后说他实在是太想见我了,但又找不到可以堂堂正正见我的理由。我说:"这样的理由只会令我更加生气。"他辩解说:"仅看表面的话,不能否认这是我设的一个圈套,但看实质的话,我是真的为你安排了一家工厂的采访,也等着你写出报道来。我敢保证你可以跟单位的领导交差。"我让他闭嘴,说他完全可以光明正大地邀请我。他笑着反问我:"如果我光明正大地邀请你,你真的会来吗?"我想了想,老实地回答说:"不会来。"他用悲哀的声音说:"这是我能想到的见你的唯一办法。"我叹了口气说:"好吧,设局的事就这么算了吧,但是我希望采访的事是认真的。"

我还是第一次吃河蟹。

关于七里海的河蟹,郑秘书给我做了大量的说明,但是我只记住了一小部分的内容。早在明清时期,七里海的河蟹已经是贡品了。相传清朝末代皇帝溥仪每次路过天津都会吃七里海的河蟹。我先是仔细地观察了盘子里的蟹,发现它们个个呈正方形,青背、金毛、白肚皮。我吃的第一只蟹,形容起来就是肉白而嫩,味道极其鲜美。我本来就喜欢吃蟹,但没想到河蟹竟然比海蟹好吃。刘启明和郑秘书劝我多吃,我就毫不客气地吃了两只,但还是觉得没有吃够。看了我的吃相,郑秘书忍不住笑着说:"您在的几天里,我们可以顿顿安排河蟹,让您吃个够。"

三个人不知不觉喝了不少酒,刚见面时的尴尬气氛渐渐消散。酒足饭饱之后,郑秘书说家里有点儿事,晚上就不能陪我跟刘启明了。我谢了他。他建议刘启明带我去河边散散步。我问他去工厂参观的日期和时间。他说随我的意思,我想哪天去就哪天去。他建议我先好好地玩几天。到底是做秘书工作的,除了建议,还很会说服人。他推荐了好几个去处,比如可以去湖泊划小船,可以去生态园钓鱼,等等。我也愿意多玩几天,但又怕单位领导觉得我是在利用出差的机会游玩。其实我最担心的还是致远,如果他知道我这次出差是一个男人设的局,难保不会往怪异的地方想。

郑秘书似乎看出了我的心思，笑着对我说："借公差游玩的人太多了，你根本不必在意，何况这一次你的住宿以及交通费用都由你采访的工厂来承担。"

郑秘书告辞后，刘启明问我想不想去河边走一走，还保证不会做我不喜欢的事。也许是酒精的作用，我竟然忘记前嫌答应了他。

这条河不宽，但贯穿了整个 G 县。月光下，河水的涟漪看起来懒洋洋的，空气里带着风。刘启明从口袋里掏出香烟和打火机，摇曳的火苗将他脸上的棱角照得分外明了。他吸了一口，慢慢将烟吐向空中。我发现河边有一个石凳，建议去那里坐一坐。一开始他跟我都不说话，后来是他先开口，问我回北京后有没有想起过他。我不想撒谎，老实地告诉他："几乎没有。"他笑了一下，重复了一遍"几乎"两个字。他笑的时候，不知道为什么，我的心开始痒起来，不由得说了一句："对不起。"他的脸上挤出了一个微笑，说想跟我好好聊一聊。我让他随便聊。于是，他跟我说起了梁一萍以及他们的过去和现在。我的脸变得僵硬，说我有点儿搞不懂他的行为，首先他不该不珍惜如此爱他的女人；其次他喜欢我没有关系，但他跟我不可能有结果，因为他喜欢我是他的事，跟我没关系，而且我结了婚，婚姻美满。他好像没有听进去我说的话，穷追不舍地问我："除了你丈夫，你对其他男人就没有动过感情吗？"我不置可否，他一连说了好几个"算了",忽然冒出一句话:"你有没有兴趣听听我的情史?"我表示如果他愿意,我当然不会介意听一听的,没有人不喜欢听这种故事。他弯下腰,把烟蒂按在地上,然后又从口袋里掏出一个便携式烟灰袋,把烟蒂装了进去。

"差不多有十年了,我一直是一个人生活。"刘启明开口说,"身边的人看我,或许会觉得我活得孤寂吧,实际上我在这十年里经历了很多的不平淡或者说曲折。十年前,我跟妻子貌合神离,正考虑离婚的时候,在一个酒会上遇到了一个女孩。也许可以这样形容,那个女孩还没有看清楚我的模样就一头扎进了我的怀里。在跟那女孩交往的过程中,我发现她不仅聪明,还乖巧。说真的,我一直觉得她是一个天生的作家坯子。怎么说呢?她跟我描述一个人的时候,会描述那个人走路的姿势或者神态,她关注的都是细节。不知不觉,我被她迷得神魂颠倒,爱她爱到了疯狂的程度。那时候我下决心跟妻子离婚,但是妻子不同意,我只好一个人搬到了单位的宿舍。那女孩几乎天天都来宿舍看我。虽然单位的宿舍非常简陋,但是对我来说,那段时光是最浪漫也是最有情致的。你相信吗?我在单位的宿舍里住了整整四年,最后妻子熬不下去了,同意离婚。"

我确认似的问刘启明:"你离婚跟那个女孩有关还是无关呢?"他很坚决地表示没有关系,他跟妻子的关系早就恶化了。"但是,"他接着说,"事情发生了意想不到的变化。变化来得太突然了，令我猝不及防。离婚后，我跟所在地的作家协会签了一年的合同，从早到晚待在简陋的宿舍里写作。那个聪明而又乖巧的女孩，每天跟阳光一起进入我的房间。不会写诗的我，那时候写了一首诗，其中有一句是，雨季已经过去了，收获的季节即将到来。"

我说："这个表达蛮直白的。"

刘启明笑了起来，接着说："有一天，我突然意识到自己想和她结婚。结婚的念头一出现，她再来宿舍的时候，我会身不由己地烦躁不安，而且越来越无法控制。终于有一天，借着窗外的大雨，我恳求她留下来过夜，想不到她真的答应了。那天夜里，我们做了男女在一起时会做的那件事。"

我说："你跟那女孩的关系，到这里为止都还蛮顺利的嘛。"

刘启明说："她对我们的爱情以及未来信心满满。她说她会一直爱我，还说我是她第一个也是唯一一个恋爱对象。女孩把她以及她对我的爱都说得无比纯洁。但是怎么说呢？女孩在床上做那种事的时候，简直成熟极了，我有些怀疑自己是不是她的第一个男友。不过我是不是她的第一个男友已经不重要了，重要的是她跟我相爱了，我爱她，她也爱我。到今天为止，我还会觉得我跟她，差一点儿就结婚了。突然有一天，女孩没有到我的宿舍来，也没有任何消息，甚至之后的一个星期都没有来。女孩不给我打电话，也不接我的电话,就这样突然消失了。有一件不可思议的事:跟女孩恋爱的时候,作为爱情的象征,我特地去花店买了一棵名字叫幸福的树。每天起床后,我做的第一件事就是问候这棵幸福树。我希望随着跟女孩爱情的增进,幸福树也可以枝繁叶茂。但女孩从宿舍消失后,无论我如何精心照料,幸福树还是一天天地变得枯槁起来,不久就死掉了。我从来也没有想到过女孩突然就这样消失了。"

我终于忍不住打断了刘启明的话:"那个女孩可能有什么急事,或者发生了什么意外,所以过了一阵子她又回来了,是这样吧?"

刘启明摇了摇头,笑着对我说:"没有比圈子更难确定大小的了。圈子要多大就有多大,要多小就有多小,特别是写作这个圈子,实在是太小了。没多久,我就知道她跟另一个写小说的男人好上了。我不相信,用尽所有的资源调查了她跟那个男人的关系,原来她跟那个男人上床的时间正是跟我海誓山盟的那段时间。"我"啊"了一声。他突然生气地说:"说实在的,除了痛苦,我觉得男人的自尊心也很受伤害,也许我不能接受跟她上床的是同一个圈子里的男人。"

我叹了一口气说:"我似乎可以理解你的心情。"

刘启明说:"那真是一段非常糟糕的日子。"

我说:"这种事确实挺伤人的,换了是我,也许还会觉得恶心。如果她跟男人上床的事发生在遇到你之前或者跟你分手之后，也许你还比较容易接受。"

刘启明默默地看了我一会儿说："当时我虽然很难受，自尊心也受了伤，但是并没有怨恨她。"

我说："不怨恨说明你太爱她了，但既然没有怨恨，为什么你不努力让女孩回心转意呢？"

刘启明说："两个星期后，她回到我的身边，流着泪水恳求我的原谅。那时候我什么也没说，只是把她拥在怀里。"

原来那女孩有一度回到了刘启明的身边，我想知道最终导致他们分手的原因。他掏出香烟和打火机，点燃香烟后使劲儿地吸了一口，对我说："现在我重新回想起她，这样跟你细聊她的事，意识到在她的身上有一种不受任何意志左右的东西，那也许就是爱欲。那个时候，她自己或许都不知道，在她委身于那个男人的时候就已经爱上他了。她爱的人并不是我。她终于发现了这一点，然后弃我而去了。"

我问刘启明："你的这段爱情就这么结束了？"

刘启明回答说："之后我还是做了很多的努力，比如给她打电话，比如通过朋友传话给她，比如写信给她，但是她一直不回话。变得绝望后，我期待她能给我一个真诚的解释。"

我说："这种事也许是越解释越糟糕的，男女分手后，所有的解释都会变得毫无意义。"

刘启明说："我也明白这个道理，但就是不相信她从来都没有爱过我,所以决定去找她问个清楚。一天,我去了她家。"

我问:"结果怎么样?"

刘启明说:"她不愿意见我,但是因为我过于执着,她不得不从家里的大木门走出来。"他又吸了一口烟,这样形容当时的情景,"这个女孩,这个我用全部身心爱着的女孩,这个我不曾抱怨过的女孩,挺直身体,神情高傲地走到我身边,问了我一句话。"我想知道是什么话,他告诉我说:"她说:'你是来纠缠我的吗?'"我情不自禁地喊了一句:"天啊。"他说:"这样,就凭女孩的这句话,我马上明白了一切,觉得已经不需要她做任何解释了。我知道,无论我再怎么努力都毫无意义了。"

我说:"放弃没有爱情的男女关系不是坏事,好比现在,梁一萍就非常爱你。"

刘启明打断我的话说:"不,我跟梁一萍的关系和我跟那个女孩的关系不太一样,我是被梁一萍的美貌吸引,但是我爱那个女孩。"他又沉默了几秒钟,突然对我说:"我被梁一萍的美貌吸引,爱那个女孩,但是想要你。不知道你是否能够理解这三者的区别。"

我说:"不理解,也不想理解。不过那个女孩跟圈子里的那个男人的结局如何呢?"

刘启明回答说:"也分手了,听说是那个男人爱上了其他女人。"我忍不住唏嘘了好几声。他把吸完的香烟朝小河的方向扔去，扔完后又觉得不得体，走了几步把烟蒂捡回来，再一次装进便携式烟灰袋。他抱歉地冲着我笑了一下说："格林有一部小说，写的是爱情的终结。爱是有尽头的，好比现在，虽然我对女孩依然有刻骨铭心的记忆，但是整日思念的人已经是你了。继女孩之后，你重新唤起了我内心的爱情。开花结果的未见得才是真正的爱。有一句话说爱情生生不息，不知道用在这里是否适合。或者还可以这样理解，每一个人在遇到自己真正的归宿前，都会一直不断地寻找下去。"

我说："如果你不在意我打断你的话，现在我很想散散步。"

刘启明陪着我在河边走了几个来回，后来还去酒店附近的小街转了转。县城不大，天黑后街上几乎不见有什么人。不少房子比北京和天津街头的房子要大，而且看起来也豪华气派。我尤其羡慕那些别墅式的独幢小楼。

回酒店后，刘启明问我："如果你不介意的话，来我的房间喝点儿酒或者茶好吗？"

我觉得不太合适，没给自己思考的时间就拒绝了刘启明。他带着悲戚的神情跟我道了一声"晚安"。我也跟他道了一声"晚安"，想了想又补充了一句："明天见。"不知道为什么，我觉得明天见这句话也许会给他一点儿安慰。或者不完全是想安慰他,而是一种普通的同情心。

4

第二天,吃过午饭,郑秘书说要带我去一个令人惊喜的地方,让我上那辆停在酒店门口的黑色轿车。他神神秘秘的样子,引起了我的好奇。我想知道去哪里,还想知道要做什么。他笑嘻嘻地看着刘启明,刘启明将右手食指竖在嘴巴中间,意思就是让他不要说出来。郑秘书用一对葡萄似的又大又圆的眼睛看着我说:"反正过一会儿你就知道是什么事了。"我耸了耸肩膀说:"好吧。"

在一条泥土路上跑了十五分钟左右,我们乘坐的黑色轿车停在了一幢由红砖砌就的小楼前。司机说:"到了。"我对司机说:"辛苦了。"到 G 县后,每次坐车都是这个司机开车,他跟我算是比较熟了,这时候就笑嘻嘻地让我不要跟他客气。我跟司机说话的工夫,郑秘书先下了车,刘启明也跟着他下了车。郑秘书快步跑到我这边为我打开了车门。我刚下车,就听见楼里传出一阵清脆的铃声,接着有一大群孩子从楼里跑出来。我意识到郑秘书带我来的地方是一所小学。

看见我一脸诧异,郑秘书解释说他是这所小学的毕业生,当年他在这里读书的时候,刘启明是他的班主任。我瞪圆了眼睛。郑秘书笑了笑,又说刘启明之所以搞得神神秘秘的,不过是想给我一个小小的惊喜而已。刘启明当过老师是我没有想到的,不知道为什么,我觉得他的气质不太适合当老师。不过什么气质适合当老师,谁也说不准。

郑秘书对我说:"当时刘老师已经是县里很有名的老师了,现在成了大作家,知名度更高了。刘老师写了那么多本书,还获过大奖,我们都以刘老师为荣呢。"他一连说了好几次"刘老师",我抑制不住地笑了起来。

有几位老师模样的人从楼里走出来跟刘启明握手寒暄。之后刘启明向他们介绍了我,他们又跟我握手寒暄。我和郑秘书随刘启明一起被请到校长办公室。我们坐着聊了几分钟,差不多都是校长向刘启明提问,比如写作辛苦不辛苦、身体好不好之类的,刘启明一一回答。然后校长陪同我们参观了校史陈列室,我在那里竟然看到了两张刘启明的照片。一张是他在河边专注钓鱼时的照片,照片里的小河正是昨天晚上我们一起去过的那条河。另外一张是他站在教学楼前的照片,脸上有一道树的阴影。我读过他的几部小说,不记得有涉及教育方面的,不知是他不想写,还是他觉得没有到写这段生活的时机,他的作品偏重于婚姻和男女之间的情感。

刘启明打算带着我们离开的时候,校长说希望他给在校的孩子们说几句话,郑秘书在一边为校长的建议鼓掌。刘启明看向我,意思就是问我怎么想。我想这事肯定是校长和郑秘书事先策划好了的，就说我也很期待他能跟孩子们说说话。

于是校长带着刘启明去教室，我和郑秘书也跟着去了。一看就知道孩子们早就知道刘启明这个名字，因为他出现的时候，孩子们的眼睛里一律闪烁着惊喜的光芒。我的心情变得复杂，这种时候竟然在想，人出生的时候，脑子一定跟一张白纸一样。那孩子们惊喜的是文学还是刘启明的名气呢？也许两者都有。我就是在他们这个年龄开始喜欢文学的，也是在他们这个年龄对未来产生了期待，想写出好作品，还想出名。

刘启明开始说话。一开始说的不过是他的经历，后来说到他的梦想，再后来说到他的写作。最令我惊异并受到震动的是，最后他竟然声音颤抖地对孩子们说："大学毕业后，我最早的选择是做一名老师，我为自己的这个选择感到骄傲和自豪。如果人生给我一百次重新选择的机会，我会一百零一次选择做老师。"孩子们显然被这句话感动了，长时间地热烈鼓掌，掌声好像不会停下来似的。这是我认识他以来第一次觉得他的身体中还有另外一个人，会耍花招，会表演，现实是他已经不再教书了。毫无疑问，在成人的世界里，他耍的花招是很拙劣的。为了心里舒服一点儿，我尽量不去正视孩子们的眼睛。

大学毕业后，我一直在做采访和写报道，所以有过多次跟文学青年接触的机会，但我不敢想象自己会说出"一百零一次选择同样的工作"这么冠冕堂皇的话。

总算跟孩子们告别了。学校越来越远，车后面一路都跟着滚滚的尘土，离县城越近，马路就越宽阔。

我对刘启明的感觉有点儿变了，但又无法形容这种变化，只好默默地看着窗外。刘启明问我是不是不开心。我说挺开心的，但其实我有点儿头痛。他突然露出一副苦脸，告诉我他觉得非常累。我想，他觉得累是因为他回到了以前工作过的地方，还说了虚伪的话。于是我暗含讽刺地安慰他，说他刚才向孩子们的脑壳里灌输了很强烈的东西，一定是用力过猛了。他抓过我的手放在他的胸口，问我有没有摸到什么。我对他说："别开玩笑了，我能摸到的不就是你的衣服嘛。"他让我认真点儿，说我摸的那个地方有一股猛烈的痛楚。他的眼睛里有深不可测的东西，脸上有急于表示什么的神情。哪怕不是出于真心，这个时候我也必须要做出安慰他的样子，于是一门心思地琢磨该说什么，结果说出来的话连我自己都觉得大惑不解。我对他说："每个人的心都会痛，我的心就痛过，我也有因为心痛而想流泪的时候，但一直觉得对心中翻腾出来的痛楚和禁不住流出的泪水无能为力。所以呢，我想我理解你现在的痛楚。"他露出意外的表情，但是什么都没有说，默默地看着窗外。窗外是一闪而过的树和房子，我先是觉得失望，慢慢又开始觉得郁闷。没想到他突然告诉我他想在这个时候唱一首歌。我还没有听过他的歌声，所以很想听他唱。司机笑出了声，郑秘书也积极地鼓励他唱。

刘启明开始唱歌了。他的嗓音蛮好听的。歌词如下：

一条路

落叶无尽

走过我

走过你

我想问你的足迹

山无言

水无语

走过春天

走过四季

走过春天

走过我自己

悄悄地

我从过去

走到了这里

我双肩驮着风雨

想知道我的目的

走过春天

走过四季

走过春天

走过我自己

　　我是第一次听到这首歌，根本不知道是什么人作的词曲，甚至也不觉得歌词有多好。但歌声是从刘启明的心弦上流出来的，那股真实的忧伤跟他以往的忧伤不一样，似乎带着一股令人动心的激情，像发烧时的热度。我感到有点儿冲动，觉得有点儿喜欢他了。我偷偷地看了几次他的侧脸，每次都在心里感叹：他的气质真好啊，还有他的样子真帅啊。这个时候我还没有意识到，我开始身不由己地欣赏他了。说得更准确一点儿，我被他吸引了，我的内心里有什么东西被他的歌声煽动起来了。

　　晚上，我没有拒绝刘启明的邀请，在他的房间里陪他喝酒喝到深夜。他跟我聊了很多，都是一些微不足道的小事，可我却听得十分开心。第二天晚上，我又应邀去了他的房间。我去的时候，他刚刚洗过澡，头发湿漉漉的。他准备了小瓶装的青岛啤酒，我学着他的样子，直接将嘴巴对着瓶嘴喝。每次他好看的侧脸对着我时，我的心都会微微地颤动。一定是没话找话，他让我跟他说说我的过去，比如我结婚之前的恋爱经历，比如我的原生家庭，等等。我的经历没有什么特殊的,跟大多数人差不多,基本上就是出生、上学、就业、结婚。我告诉他我的经历无惊无险也无波澜,平凡得就像手里握着的啤酒瓶子。他笑了,说很想正儿八经地吻我一次。他说的倒是真的,前两次他吻我的时候的确是慌慌张张的。我心里也想他吻我,甚至还有冲动想去吻吻他,但我知道正儿八经的吻会带来什么样的后果,于是从心思里挣脱出来,对他说:"我觉得很晚了,但怎么刚过十点啊。"他叹了口气,自责似的说:"你觉得时间过得慢,是因为跟我在一起的时候不开心吧。"顷刻间气氛变得沉重,我把烟灰缸换到离他更近的位置,问他愿不愿意陪我再去河边散散步。他问我:"你是说现在这个时间去散步吗?"我点点头。他摊开双手说他已经洗过澡了。我说我经常在洗过澡后去外边散步的。于是他对我说:"好吧,真是见鬼了,我可是从来没有在洗过澡后还出门的。"

河边很安静,除了我跟刘启明,一个人都没有。我走到河边,脱下鞋子,将双脚放进河水里。河水很凉,虽然我刚才只喝了一瓶啤酒,但喝完脑子多少还是有点儿迷糊,这时候一下子就清醒了。刘启明也脱掉鞋子来到了我身边。他跟我说了一句什么,我没有听清楚,但也不想问他。我现在什么都不愿意想,什么都不愿意说,什么都不愿意做。他侧过身体想吻我,但是被我拒绝了,显然,刚才在酒店房间时的那股冲动消失了。河水的涟漪看起来非常散漫。有时候,只要矜持一下，不该发生的事情真的就可以避免。我敢肯定。

5

说好了明天回北京，上午郑秘书为我安排了采访，下午则特地安排了一次捕鱼活动。我是在城里长大的，虽然去游乐园游玩时乘坐过游艇，但小木板船还是第一次乘，更别说捕鱼了，所以十分兴奋。

郑秘书跟司机同乘一条小船，我跟刘启明乘坐的小船紧跟其后。天气非常好，阳光明媚，一片片苇草葱绿，河面上的景色令人如醉如梦。没想到刘启明划船的技术非常好，问他原因，他笑着说当地没有什么人是不会划船的。想想他在这里教过书，船划得好也是理所当然的事吧。

不久我听到不远处有一阵窸窸窣窣的声响，凝神望去，一只大鸟腾空而起飞向天空。我喊了一句"天鹅"。刘启明在一边哈哈大笑，告诉我那只鸟不是天鹅而是鹭，是来河里抓鱼吃的。我很难为情。他说我显然缺少一部分生活常识，应该趁这次机会在他身边多待几日，方便他告诉我一些我不曾知道的事情。他借机提出要我在 G 县多滞留几天。

我有一种天性，就是当别人要求我做什么的时候，我常常会表现得软弱并纠结。在山东威海的时候是这样，现在也是这样。说了也没有人相信，按说我应该断然拒绝刘启明，但我在犹豫了几秒之后，竟然不由自主地对他说："请给我点儿时间，我想考虑一下再做决定。"

我跟刘启明光顾着聊天，结果一条鱼都没有捕到。郑秘书那边抓了两条大鱼，说是要拿回酒店让厨师为我们做成生鱼片。我不戒荤，但绝不吃活着的东西，所以拜托他放生那两条鱼。他显出为难的样子说："反正又不要你杀生，而且你吃生鱼片的时候，鱼不过是一道菜。"我说："一般意义上的生鱼片，跟我们亲手抓的鱼做出的生鱼片是两码事，我绝对吃不下去，一片都吃不下去。"司机第一次用很古怪的眼神看了我一眼，也许他觉得这两条鱼是他跟郑秘书费了很大力气才捕到的，怪我太矫情吧。刘启明出来打圆场，对我说："放掉鱼的话，今天的活动可就亏大了。"我回答说："一点儿也不亏，因为捕鱼对我来说是一次新奇的体验，我已经觉得赚到很多了。"至于赚在哪里，我懒得跟他们解释。郑秘书看向刘启明，刘启明对他说："那就听客人的，放生这两条鱼吧。"郑秘书一边将鱼放回河里，一边对两条鱼说："你们真是命不该绝，真是命好。"我带着歉意对郑秘书说了一句"对不起"。他带着第一次去车站接我时的笑容跟我说："没关系，这种行为一定可以积德的，但愿好心有好报。"我回答说："我也不求什么回报，只是不想两条鱼死在我们手上而已。"

其实我是真的不能吃活的东西，比如我从来不买超市里的活蚬子和活螃蟹,没有胆量买,但想吃的时候会去饭店吃。我把超市里的活蚬子和活螃蟹看成与餐桌上的蚬子和螃蟹完全不同的东西。有人说我的想法和做法既虚伪又自私,刘启明也说他对我的这种想法和做法大惑不解。我向他解释说:"我也不知道如何说明,反正我觉得一开始就装在盘子里的生鱼片是一道菜,但如果那生鱼片是用我们自己捕的两条鱼做的,那么生鱼片对我来说就不是一道菜了。"司机小声地嘟囔了一句:"太绕了。"还说他搞不清楚我话里的逻辑,便问我,"如果你觉得它不是一道菜,那它又是什么呢?"我看见郑秘书偷偷地拍了一下他的肩膀,我回答说:"我不知道是什么,因为我绝对不可能把自己捕的活鱼变成生鱼片。"

后来刘启明告诉我,那天晚饭的菜单里原本有一道生鱼片,但是郑秘书让厨房取消了。我很想感谢郑秘书,因为我敢打赌,郑秘书一定是不希望我在饭桌上难堪。

晚饭后突然开始刮大风。这两天我已经习惯了睡觉前去刘启明的房间喝酒聊天,今天也不例外。他看起来烦躁不安,我问他怎么回事,他拉起我的手,说他想在夜里去游泳。我想不出 G 县有什么地方可以游泳,见过的那条小河的水比较浅,根本不适于游泳。刘启明说南湾公园是一个好地方,不过他不想打扰郑秘书,想打电话偷偷叫一辆出租车,用不了多少时间就可以到达。

我不知道南湾公园在哪里。刘启明说公园在滨海新区永盛路与海文道交会处的东侧。

我说:"这件事如果被郑秘书知道的话似乎不太合适。"

刘启明说:"郑秘书不会发觉的,游完泳赶在天亮前回酒店,肯定是神不知鬼不觉。"看我仍在犹豫,他接着说,"只要我跟你不说出去,郑秘书不可能知道,即使郑秘书知道了,游泳这么私人的事,相信他也不会说什么。"

我说:"问题不在你,问题在我,我介意是因为我是郑秘书邀请过来做采访的,如果真的去南湾公园,也许有必要打电话给郑秘书汇报一下。"

刘启明说:"别再啰唆了,要去就得抓紧时间了。"

我做最后的挣扎,说:"风太大了。"

刘启明急了,说:"就是因为风大才想去游泳。"

我问刘启明:"这么做是想冒险还是想去找死?"

刘启明说:"既不想冒险也不想找死,反正就是非常非常想去游泳。"他真的打电话约了一辆出租车,出租车很快就到了酒店门口。上车的时候,他笑着对我说:"也许你从来没有见过裸泳,因为你都是大白天去海边或者游泳馆,但今天这样的夜,海变得更加神秘,人也会更加忘情。"

我的脑子里一阵喧哗,过了半天才想起来问刘启明:"你是说你要脱光了衣服游泳吗?"

刘启明回答说:"是啊。"

真的没用多少时间就到了刘启明说的南湾公园。情形跟我想象的有所不同,海边的风很强,海浪也很大。我觉得这种情形下到海里游泳是一件很危险的事,劝刘启明改变主意,但是他坚持下水,非说对自己的游泳技术有信心。他这样坚持己见,我也就不再坚持了。我不会游泳,答应在岸上看着他游。他背对我脱掉了身上所有的衣服。我看了一眼他的屁股,心里有点儿慌乱。深夜的海边看一个男人光着的屁股,感觉奇异又陌生。他向大海走去,我冲着他的后背说:"请你不要游出我的视线范围。"他大声地说了一句什么,但是被风声和海浪声淹没了。他的脚已经接触到浪花了。也许是他的自信和果断影响了我,我的心不知不觉地平静下来。

　　刘启明的身影一点点变小。风比我们刚到海边的时候更大了。虽然是夏天,但我还是感觉到了一丝寒意。

　　刘启明的身影突然不见了,我以为是一时被海浪遮住了而已,但海浪轰然破碎的时候还是看不见他的身影。我慌乱起来,大声地喊他的名字,但没有人回应。我觉得出了意外,有可能他已经被淹死了。这个想法一出现,我的心里涌出从未有过的对死亡的恐惧。除了致远,我还是第一次担心一个跟我没有血缘关系的人。在我忍不住流出泪水的时候,却看见他一步一步地向我走近。他来到我身边的时候,我差一点儿就昏过去了。他还活着。我把毛巾递给他,告诉他我被他吓得半死,还告诉他我非常后悔在这种恶劣天气里陪他来游泳。他用毛巾遮住下半身，笑着说他没想到我会吓成这个样子。我说我自己也没想到，万一他真的被淹死了，我都不知道自己能不能活下去。说完了我很难为情，觉得不该说那么多。他谢了我，说他其实也以为自己会被淹死，因为有那么一阵子，他的脚总是够不着底，他差一点儿就坚持不下去了。我一边听他说，一边不断地"啊啊"。突然，他盯着我的脸说："当时我觉得只剩下一半回到岸上的机会，但剩下的另一半，却成了内心的渴望与激情。我知道你在岸上等着我，知道你正在为我担忧，这时候，我只要抓住了你，便是抓住了最后的一线希望。因为你的存在，我有了一股奋不顾身的力量。我告诉自己，要用全身的力气来拯救自己，然后我发现我做到了。"我说："你是在哄我，你能活着回来，主要靠的是人的求生本能。"他说："我敢起誓我说的是真话。"我不说话，决定不再深究，他人都回来了，其他的都不重要了。

意识到刘启明还没有穿上衣服，我觉得有些不自在。我对他说："赶紧穿上你的衣服回酒店吧。"

刘启明穿好衣服后，打电话叫了辆出租车。等车的时间里，他沉默地点燃了一支香烟。因为他的手哆嗦得厉害，香烟好半天才被送到嘴唇上。他抽了一口烟，对我说："可卿，死亡的体验真的很可怕，但是觉得自己快要死亡的体验又很奇异。刚才我觉得自己没救的时候，脑子里想的不是我自己，而是你跟我儿子小威。我还是第一次体验到失去自我的另一种痛苦,很像惦念,但又不完全是惦念,反正是一种很熟悉的情感。也许我再一次濒临死亡的话,就会搞清楚这是什么样的情感了。"我对他说:"死亡体验哪能跟吃饭似的,吃一次再吃一次呢。"他把手搭在我的肩上说:"我现在的感觉是死而复生,是重生。我觉得应该重新调整我的人生。这个时候我觉得特别需要你。"我说:"你被海水淹迷糊了,这种时候还能说出这样的傻话。"他还想说什么,但他叫的出租车来了。司机冲着我们按喇叭,我跟着他走向出租车,心里有一种被解救的感觉。

后来我常常想,为什么明知道很危险,那天刘启明还执意要去大海里游泳呢?

但有一件事可以肯定,就是那天我跟刘启明同时看到了同一样东西:死亡。

回到酒店后,本想上床睡觉,但是困意不知道跑到哪里去了,我伸开四肢,呈"大"字形躺在床上,一直琢磨着刘启明险些就被淹死的事,觉得奇怪,也觉得沉重。他的幸运暗示出冥冥之中支配人的命运的某种力量。不过我又想起了他在上岸后对我的坦白:"因为你的存在,我有了一股奋不顾身的力量。"这句话当时听的时候并没有什么特殊的感觉,但现在想起来,似乎分量非常重,越琢磨越觉得像是一个哲学问题。使刘启明在危险的时候做到了"奋不顾身"的我,这时候觉得自己成了使他活下来的人。

辗转无眠,我忽然有了一股想见刘启明的渴望,于是悄悄地走出了房间。他房间的灯还亮着,我轻轻地敲了敲门。他打开门,用带着惊喜的眼神盯着我,随后将我拥进房间,好长时间都没有松开。我说刚才受的惊吓实在太大,惊魂未定,根本睡不着觉,觉得不如到他的房间来聊聊天,但如果他想睡觉的话,我立刻就回自己的房间。他说他也睡不着觉,已经数了好长时间的羊了,根本不管用。我们两个人一起笑了起来。

刘启明建议喝点儿酒压压惊。在我烦恼、疲劳的时候,酒一直是我的安慰剂,所以我欣然接受了他的建议。

两个茶杯摆在茶几上,茶几的对面坐着刘启明,这是近几天来一直都在持续的情景,但不知道是什么原因,今天我却想起了威海笔会的那个晚上。我跟王洁媛一起在他的房间里喝酒,突然间停电了,黑暗中他的手跟我的手触碰在一起。也许就是那个瞬间的触碰点燃了他内心的什么东西,他偷偷地捏了一下我的手。这时候,不知道他有没有想起威海笔会的那个晚上。

我问刘启明:"能不能把主灯关掉,把床头灯打开?"他说:"好。"床头灯的光更柔和,房间变得安宁。酒精使我身体里的血流变得畅快起来。

真难相信半夜三更我会跟一个男人坐在酒店的房间里喝酒聊天。有那么一刻,我有了一种可笑的感觉,仿佛是跟着刘启明一起到酒店度假来了。

不久,刘启明变得沉默,我看出他有心事。其实,不用他说我也知道他的心事是什么。他的沉默令我有点儿失望,经历过惊险,此时此刻的我需要的是宁静而不是压力。为了逃避,我说他的样子看起来很累,所以我还是回自己的房间吧,这样他就可以好好地休息了。说完我真的站了起来,但是他拜托我留下来,说有很重要的话要跟我说。我只好坐回沙发等他开口,心里却在想,又要听一遍那一套老话了。

刘启明说:"我知道你现在的心情,你可不要把我看成不知好歹的人啊。我只是觉得今天晚上是拜托你回答问题的最好时机。"我说:"还要我回答问题啊。"他说:"但是我们约法三章。我的提问和你的回答要认真并诚恳。无论如何你都要在最后给我一个明确的答复。"我问他:"能不能换个时间?"他回答说:"不行。"他咬了一下嘴唇,补充了一句,"你一定要用心来思考并回答我的提问。"我终于回答说:"好吧。"

刘启明要说的话,牵涉的不仅仅是我跟他两个人,还牵涉他跟梁一萍的关系以及我跟致远的婚姻。特别是,对我来说,还涉及良心以及道德等问题。我到他的房间来,本意是想跟他说说话,把尚未消失的惊悸和失眠的焦虑排解出去。虽然我嘴上说"好吧",但在心里希望他能够明白我的心情,不要真的强迫我做什么选择。

刘启明笑了笑,问我跟他在一起的时候是否感到愉快。我觉得这个问题问得非常多余,回答说:"是。"他又问我跟我丈夫在一起的时候是否感到愉快。我的心里滑过一丝不快,不想回答这个问题。说得更准确点儿,我是不想在这样的状态下扯到致远。我有一种模糊的感觉,似乎在这种时候扯到致远就等于轻视了致远。再明显不过的是,从开始到现在,致远在我的心中,仍然比任何男人都更亲切、更优雅。

　　我对刘启明说:"还是不要把致远扯进来吧,你要问的应该是你跟我两个人之间的问题。"但是他反问我:"如果不扯致远的话,你用什么来平衡感情,做出决定呢?"我反问他:"你真的相信感情吗?"他回答说:"当然相信,感情对我来说是一种绝对的存在。"我说:"有你这个回答就好说了,那么我们的谈话就扯感情,并且让感情来决定一切吧。"他想了想,回答说:"好。"我又提醒他说:"但愿你不要追本溯源似的从头开始我们的谈话。"他用同样的语气回答说:"你的提示让我的脑子理性了不少。好吧,我先问你一个很简单的问题,我的存在对你来说是什么呢?"我想了想,一时找不到合适的答案,过了半天才对他说:"哦,这个问题不太好回答,因为问得很愚蠢。但是如果你无论如何都想要一个答案的话,我也许可以举一个例子。随便的一天,随便的一个地方,你突然走近我,我因为不小心,让你中了一彩。"他笑了一阵,对我说:"你的比喻听起来令我觉得蛮愉快的,但是你在逃避根本的问题。"我说："我还记得你在威海的酒店里趁着停电捏我的手。今天晚上，海面上看不见你的身影时，我差一点儿就觉得是爱你的，因为我那时有了一种近乎爱你的感觉，不过此时此刻我觉得那时的感情不真实。好比现在，我特别担心你再一次扯出爱的话题。爱是我今天晚上最不想听到的另一个话题。"他问我："你认为爱对于我们来说是另一个你最不想听的话题吗？既然是另外的一个话题，那么原来的那个话题又是什么呢？"我说："你明知故问，我刚刚说过不想跟你在这里提到致远的。如果你真的知道我的心情，我想你今晚的提问应该到此为止了。"他以断然的语气回答说："好吧，我知道你的意思了。"我说："谢谢你。"他说："我一直在逃避一个很重要的问题，虽然我爱你，但你爱的是另外一个人。表面上看起来，这样的情形跟我上一次的爱，也就是跟那个女孩的爱非常相似，可实质上完全不同。上一次是终结，这一次是传说，没有终结。无论将来的结局如何，我永远都不会埋怨你，也不会停止爱你。"停了两秒钟，他呻吟似的说，"爱你的诚挚。"

我松了一口气，感觉从疲惫和失望中走了出来。刘启明说了一大堆冠冕堂皇的话，关于我的诚挚，我觉得很羞愧，跟他说我也不像他想象中那么好，也会玩猫腻，也会在一些事情上说谎。他想知道是一些什么样的猫腻和谎言，我就对他说："比如现在，我跟你在一起的事。"他惊讶地睁大了眼

下一个车站

睛。"明明跟你在这里吃喝玩乐，却跟单位的领导说在工作。"停顿了几秒钟，我还是把咽到肚子里的话给掏了出来，"还有，我跟家里的人说是出差，但现实是你设了一个圈套让我钻，我明明发现是个圈套了，依然没有退出去。我也自责，但自责似乎没有什么意义。有时候，我觉得自己非常非常蠢，非常非常软弱。"他马上接过我的话说："你不是蠢，也不软弱。你有点儿邪恶。"我惊讶地问他："你说我邪恶？"

　　刘启明喝了一口酒，说我的性格中有一种很不安分的、类似于邪恶的东西。我让他举个例子。他让我回想在威海游泳时的情景。他还记得他游完泳上岸后，王洁媛说他的腿漂亮，而我却在王洁媛的身边向他眨眼睛。他说我只眨一只眼睛，另一只眼睛眯缝着，根本就是在挑逗他。还有，他一个人蹲在沙滩上抽烟，我笑眯眯地走近他，让他站起来，因为想看看他的腿有多漂亮。他问我："一个女孩公然要求男人给她看腿，这么混账的事，难道不可以说是邪恶的吗？"我解释说，那时候我之所以会那么做，完全是因为跟王洁媛打赌玩，如果我能让他站起来，王洁媛就愿意输给我一个她刚买的小礼物。完全是两个女孩的恶作剧。

　　"你知道的，可卿。"刘启明对我说，"并不是我对你一见钟情，而是你在挑逗我、捉弄我，但我却被你吸引了。男人不坏，女人不爱，其实这话也是可以反过来说的。飘飘然的我，醒过来的时候已经陷在了一个无法自拔的深渊里。"我插了一句："你说得太严重了。"他问我："你还是不相信？"我说："不全信。"他说："信不信由你了。"接下来，他向我表达，他只知道我跟他其实很契合，他想要我，他需要我。我说，够了够了，不要再说需要我的话了，再说需要我的话，话题又要转到爱上了。他说我对他的痛苦多少有一定的责任，很想教训教训我。我想不出他敢怎么教训我。他开起玩笑来，说方法很简单，就是我先嫁给他，而他要送我一个结婚礼物，就是一条小鞭子。他说："我让你亲自在墙壁上钉一个钉子，亲自把鞭子挂上去。每天晚上，我从创作室回家，如果发现你有什么异样，有什么不对劲儿的地方，就会知道你一定又去什么人那里混账了。我会命令你去把鞭子取来交给我；然后命令你趴在床上；再然后用鞭子抽你的屁股，抽到你说'再也不敢混账'这样的话时才饶恕你；最后要你向我鞠躬表示感谢，谢谢我对你的指教。"我大笑起来，说他的这番想象实在太令人恶心了。不过他的这番想象令我怀疑他是一个S。所谓S，从心理学的角度看，就是通过欺负别人来满足自己从而获得快乐的人。他迟疑了一下，说他可能真的有点儿犯神经了。我说我还发觉他很会自欺欺人。他从对面拉过我的手，呆呆地看了一会儿，感叹地说，如果我跟他一样犯神经就好了，因为我跟他一样犯神经的话，现在的结果可能就是他想要的结果了。

其实刘启明不知道，我自己也很迷茫。对于他的话，真真假假的,都令我产生一种莫名的惆怅。一方面,虽然我不喜欢听他说他需要我,怕他要我做选择,但另一方面,不知从什么时候开始,我有了一种想待在他身边的愿望。他虽近在咫尺,却给我远在天涯的感觉。人真的是一个矛盾体,不是用所谓的努力就可以将事情简单化的。

我决定回自己的房间,出门前,刘启明用炽热的目光看了我一会儿,突然将嘴唇印在我的嘴唇上,虽然只有那么一瞬,但是我没有抗拒。他喃喃地说:"明天再来我的房间喝酒,你知道我们今天的聊天还没有结束。"我"哦哦"了两声。

以前我读过日本作家岛崎藤村的小说《破戒》,主人公是出身低贱的部落民,自幼就被父亲告诫要隐瞒身份,以免遭受来自社会的歧视和欺凌。但他正直而又善良,在受到同部落出身的思想家的影响后,破除了父亲的戒律,以忏悔的方式坦白了自己的出身,最终选择了去美国生活。

小说里的故事跟我和刘启明的事毫无相似之处,但"破戒"二字一直在我的脑子里跳跃,使我烦恼。跟致远结婚的时候,我们两个人之间有四个约定:一辈子不撒谎;十年之内不出轨;原谅对方的一次错误;养宠物的话就同时养一只猫和一条狗。

刘启明的手开始在我的身体上移动,我能感觉到他的喘息越来越急。最初我想任凭他剥光我的衣服,在酒店的床上跟他翻滚一阵,但是跟致远的约定突然出现在我的脑子里。这种情形,也许正如岛崎藤村在小说里表达的,是灵魂感到的不安吧。我觉得跟刘启明上床的话,就彻底违反了与致远的约定,跟"破戒"没有区别。也许是我不自觉地在心里为我和刘启明的关系画了一条底线,而我正努力守住这条底线。

我强硬地从刘启明的怀抱里挣脱出来,慌乱地告诉他:"对不起,我还不想跟你有这之上的关系。"我选择用"这之上"三个字。他无奈地嘟囔了一句什么。

回自己的房间后,我默默地坐了一会儿,发现天已经亮了,时间过得太快了。

6

早上七点整,我给致远打了一个电话,他马上就接了。他问我工作是否顺利,我说还算顺利,采访已经结束了,回北京就可以写文章了。他问我什么时候回北京,我回答说今天。我说的是真的。如果没有节外生枝的话,我打算马上就动身。本来只出差三天是我跟单位说好的,跟致远也是这么说的,如果今天不回北京的话,就得找一个说得过去的理由。我一夜未睡,声音听起来有嘶哑的感觉。致远说我的声音听起来不对劲,还问我是不是感冒了。他这样关心我,我的心开始痒痒的。我让他不用担心我,他好像放心了,说晚上做点儿好吃的等我。我的心更加痒痒的时候他挂了电话。

估计刘启明也睡不着，我想趁着他数羊的时候偷偷溜走。不打招呼就走，说起来是一种很失礼的行为，但是我在回北京之前不想跟他见面了，他对我动手动脚的事令我苦恼并尴尬。再说了，如果我跟他打招呼，他一定会再三挽留我，而以我的性格来判断的话，犹豫不决之后，也许又会做出不恰当的选择吧。

我在酒店为客人准备的信纸上写了一句话：抱歉，我赶早上的火车回北京了。请代我谢谢郑秘书和司机的关照。

我的字写得难看潦草，可能会使刘启明觉得我写得太随便。不过多少我也有点儿故意的意思。离开酒店时，我顺便将信交给了酒店的前台服务员，嘱咐她务必把信交给刘启明。她对我一个人悄悄地离开感到好奇，我随便找了一个借口，说早上突然接到了一个电话，北京那里有急事，如果现在不赶过去就会来不及了。她毫不怀疑地相信了我的话，答应我把信交给刘启明。我拜托她说："我有急事要先离开，请转告刘先生，我会联系他，让他不用特地联系我了。"从某种意义上说，我相信她会把我"有急事"的话转告给刘启明。我有一个很荒唐的想法，如果我直接跟刘启明说我有急事的话，那么我就是对他撒谎了，但通过酒店前台转达，我就没有对他撒谎。这个想法连我自己都觉得虚伪。

自从在威海认识刘启明，我已经不能说是一个完美的妻子了，为此我感到隐隐的不安和内疚。这一次的不辞而别，事实上是我想切断跟刘启明之间的联系，因为我无法忽视致远，如果不小心被致远发现了刘启明的存在，如果致远产生了误会，以后的事情会变得非常麻烦。

后来刘启明恼怒地告诉我，他是在上午十点被酒店前台打来的电话叫醒的。按照他的要求，酒店前台的服务员亲自把信送到他的房间，并且郑重地告诉他："因为有急事，张小姐不得不一大早就离开了酒店。张小姐让我转告您，不用特地给她打电话，因为她会打电话给您。我想张小姐是怕打扰您睡觉，所以特地让我把信转交给您的吧。"他谢了酒店前台的服务员，满心都是恼怒。是的，他觉得我羞辱了他。

打开信封，看见纸上只有简单而又潦草的一行字，没有任何解释，刘启明更加恼怒了。然后，他匆匆地洗了脸，换上外出的衣服，让等在大厅的郑秘书带他去车站。原来的安排是，郑秘书跟我和刘启明一起吃午饭，下午送我们去车站，而刘启明陪我去北京后，再从北京回天津。

司机以最快的速度把刘启明送到了车站，但是我已经离开了。刘启明打算乘下一班车去北京。用小说家的语言来讲的话，他决定"把自己丢上车去追那个命运带给他的人"。

据说郑秘书回酒店结账后，不得不把刘启明留在酒店房间里的东西打包寄到了天津。知道刘启明任性，但是没想到会任性到这种程度，对给郑秘书添麻烦的事，我很过意不去,后来还特地打电话向他道歉,但是他说这种事也在他的工作范围之内,再说刘启明是自己的老师,他根本没有介意,也愿意为老师效劳。最后他哈哈大笑,向我讲了刘启明得知我离开 G 县后失态的样子。

刘启明上了火车后,怒气渐渐减弱,能够冷静地思考眼前的事情了。他猜想,我之所以不辞而别,应该跟他对我动手动脚的事有关,是他操之过急了。他觉得我是没有做好心理上的准备,是被吓跑的。他打算,即使到了北京,也不贸然地去我家里见我。

到了北京站,我叫了一辆出租车直接回到家。致远不在,按时间来看,他已经在去单位的路上了。饭桌上放着一个杯子,看起来孤零零的,我立刻想到他早上没有吃饭,只喝了一杯咖啡。卧室里被子凌乱地堆在床上,一夜未睡的我突然来了困意。我扑到被子上,被子上有一股熟悉的牛黄解毒片的气味。我变得迷迷糊糊的。

醒来后我觉得饿,空着的胃开始咕咕地叫。我煮了一包速食面,面里加了一个鸡蛋,急不可待地吃了下去。说到速食面,有时候我会莫名其妙地想吃,后来听很多人说过也有这样的感觉。究其原因,我特地上网查过,有一个回答是我比较能够接受的,就是速食面的面饼是油炸出来的,加上味道很重的调料,能使我们舌头上的味蕾得到满足。但今天的速食面似乎格外好吃,我想是我在 G 县的那几天,郑秘书安排了太多的山珍海味的缘故吧。吃完饭已经是下午一点了，我打算赶在傍晚下班之前去单位打卡。收拾卧室的时候，我不明白为什么会环顾四周，我比任何人都熟悉这里呀。床头有一个布制的丑娃娃，是致远送给我的生日礼物。我用布娃娃打自己的头，"砰砰砰"的声音在房间里回响。我舒服地"啊"了一声，心想这才是自己的家，这才是自己的生活，这才是眼前很现实的幸福。我用尽力气吸了一下房间里的空气，感到一种解脱后的舒适。

打算出门的时候，家里的座机响了起来。使用手机后，已经很少有朋友往座机打电话了。我以为又是什么人向我推销保险或者商品，但接通电话后，传来的竟然是刘启明的声音。

刘启明说他跟着我到了北京，此刻就在我家附近。我半天说不出话，回过神来，责备他不该追来北京。我对他说："你这么做，真的令我为难，很糟糕。"

刘启明向我道歉，还解释说："连我自己也不知道为什么来北京，反正看到你留的信后就迷迷糊糊地跟着过来了。"

我说："我真想给你一个耳光。"

刘启明说："那你就下来当我的面抽一个吧。"

我问他："你为什么非要我为难呢？我以为你明白我为什么一个人偷偷地跑回家呢。"

刘启明"哎"了一声，让我把他的话听完再责备他。他向我描述了他从 G 县到北京一路上的心境。刚上车的时候他还是很生我的气，但正如前面已经交代过的，他慢慢地冷静下来了。不过到了北京后，他忽然又生出了新的想象，想象我现在有可能在为悄悄溜走的行为感到后悔。他身不由己地来到我所居住的公寓，可是离我家越近，不安的感觉就越强烈。他远远地眺望着我家的窗口，过了一阵，忽然觉得有一股冷气穿过全身，这使他想起那次夜泳，他的脚一直踩不到水底，他的脚踩的都是水。他对我说："你在家里，根本想不到身边有一个人正在为你苦恼吧。"

我故作平静地回答说："是的，我想象不到。"

刘启明相信也好，不相信也好，其实我能够看见他苦恼的样子。我的脑子里都是他苦恼的样子。

刘启明说："所以我要告诉你啊，我因为你苦恼。"

我说："接下来你有什么打算呢？我可没有邀请你到家里来的意思啊。"

刘启明坚持刚才的话题说下去："一想到要离开你我就觉得心痛，但是又不能不离开你，离开你之前我还想跟你说几句话。慎重起见，我特地在你家附近找了一个公用电话亭。"

为了让刘启明放松下来，我告诉他家里此刻只有我一个人，不然也不能这么无所顾忌地跟他说话。他笑起来，自嘲地说："是啊，我怎么就没有想到呢？"然后他一边说不想埋怨我，一边又说我不该不打声招呼就偷偷离开。我说我也是没有办法，如果不这样做，只怕他会挽留我，又生出什么烦恼来。再说我也不想打扰他睡觉啊，再说我有留下一封信的啊，再说两个人在一起待了整整一个晚上啊。他说我说的这些都不重要。我说我不明白所谓的重要是什么。他说他不在乎我装傻，他来就是要告诉我他重复了无数遍的那句话，就是他需要我。他让我想个办法让他停止心里的痛苦。我说我帮不了他，因为应该做的我都做了，不应该做的我可不想做。他说他既然都来北京了，哪怕几分钟也好，想跟我见个面聊几句。我说："我们刚刚才分开啊，再说下午我还打算去单位呢。"他说，这样好了，他在我家附近的咖啡店等我，等我可以出门的时候给他打个电话，他陪我去单位，两个人可以一边走一边聊天。我想他的建议更麻烦，还不如马上去楼下跟他见一面，尽早打发他回天津呢。怕邻居们说三道四，我特地指定了一家离我家稍微远一点儿的咖啡店，让他先过去等我。他开玩笑地问了一句："你选这家店是做贼心虚吗？"我回答说："还不是你让我做贼的吗？如果你不跟到我家来……"他打断我的话说："好了好了，你快做出门的准备吧。"

挂了电话，我梳了梳头，换了一件新衣服去咖啡店。刘启明一看见我就笑了，一副高兴得不得了的样子。我坐到他对面的椅子上。服务员过来后，他问我喝凉的还是喝热的，我回答说喝凉的。我四下张望了一下，没有熟悉的面孔。他问我看什么，我说没看什么，还故意说我没想到大白天这咖啡店的客人也蛮多的。突然他对我说："不出我的意料，果然你是以我想象中的样子来见我的。"我问："是什么样子？"他回答："你不能否认，你跟我在一起的时候是愉快的，你看起来甚至可以形容为容光焕发。"我说："你看到的我的愉快连我自己都感觉不到，是你脑子里的幻象。"他说："你跟一条小狗似的，迷了路，最终还是会找到回家的路。"我说："连你自己也说小狗找的是回家的路了。"他说："小狗找的是主人，对于小狗来说，主人在哪里，家就在哪里。"我真的有点儿生气了，压低了声音骂他："我都开始怀疑你是不是一个非常愚蠢的人。我说你啊，最好还是死了这份心吧，因为我真的有主人的，而且我也没有打算换什么主人。"他笑起来，劝我不要跟他吵架。我又对他说："你不是说有话要跟我说吗？你不是说几分钟就够了吗？现在你可以说了，我等着听呢。"他一下子变得严肃起来，顺手抓住我去拿咖啡杯的那只手。我看了看左右，用指甲在他的手心里掐了一下。他做出痛苦的表情，松开我的手，小声地说了一句"对不起"。一声不响地看了我一会儿，他开口说："我下决心把你追到手，你也下决心跟我在一起吧。我们会生活得很幸福。我们可以一起玩，一起写东西，一起散步，一起做混账的事。也许你不想放弃现在所拥有的一切,但是你放弃的一切我都会给你。对于我来说,我有自己喜欢的事业,而且也可以说是成功的。我还有一个儿子,还有一大堆的朋友,还有房子和生活所需要的一切。但我缺少一样最重要的东西,就是一个我想要的女人。我想要的是你,你来天津吧。你来我家,什么都不要带,你来就可以了。我保证你跟我在一起后应有尽有。我保证你心满意足。我保证你快乐。"

我差一点儿就笑出声来,对刘启明说:"你说了一大堆,围绕的都是你自己。说到我的时候,好像我没有了你就会活不下去似的。我又不是真的小狗,随便由一个主人认领了就随他养我并处置我。"他说我误会他的意思了,他的意思是想我给他一个态度,如果我愿意考虑他的话,他就愿意等我,等多长时间都行。也许他觉得刚才说的话有问题,解释说我不给他态度他也会等下去,但是他需要一定的勇气和希望。他埋怨我说:"迄今为止,你一点儿希望也不给我,你一直在逃避我。"我说:"我已经告诫过你很多次了,事情并非你想象的那么简单,如果一定要我给答复的话,我一定不会选择你。因为结婚是大事,但比起结婚,离婚是更大的事,离婚会改变人生的一部分。"不过他说的话里有一点是没有错的,就是我跟他在一起的时候,的确有逃避或者说态度暧昧的地方,这也是他迟迟不能放弃我的原因之一吧。他问我:"如果现在你是独身,你会不会接受我?"我说:"这个假设不现实。"他强调是假设。我说我无法想象。如果我结婚前遇到他，我真的无从想象会发生什么，想象也没有意义。现实是我不能爱他，即使爱，也不能跟他结婚。假设小狗跟着主人散步，遇到跟小狗打招呼的人，小狗能够置之不理吗？我被自己的这个假设吓了一跳，第一次觉得自己或许也有那么一点儿文学天赋。

刘启明问我多大岁数了，我以为他是明知故问，但是他说他是真的不知道我的年龄，因为跟我在一起的时候，他似乎从来不需要考虑年龄问题。他的样子看起来很真诚，于是我就告诉了他我的实际年龄，他感叹说："我大你二十岁。"我被他的话吓了一跳。后来我想，我之所以会跟他黏黏糊糊的，也许正跟他的年龄有关，他的身上有一些致远不能满足我的东西。我父亲是一名普通的工人，既没有文化，也没有修养，更不懂得爱。在我的印象中，父亲不过是一个白天去工厂上班，下了班后在家里喝酒，喝醉了酒就不省人事的粗暴的男人。我自小就讨厌父亲，跟父亲没有感情，从来也没有过像样的父女间的交流。因为这样的原因，我一直都有恋父情结。恋爱的时候没有关系，但聊天或者交朋友的时候，唯有年长的人，才会给我满足的感觉。有人分析过我，说我其实是想以此弥补空缺的父爱。我一边过着有情爱的生活，一边忍不住地寻找父爱，而刘启明对我的这个毛病一无所知。他问我对他大我二十岁有什么看法。我回答说："我不会在乎年龄,遗憾的是我不能跟你结婚。不然在你那里,我既能得到情爱,同时也能得到父爱,说不定是很圆满的结合呢。"

刘启明发出感激的欢声说:"所以说啊,可卿,你的年龄让你不懂得珍惜这些圆满和美好。到了我这个年龄,你会明白我们在一起的那种感觉,不是随便一对男女能够达到的状态。你跟我,我们两个人之间,请允许我说得直率一些,有一种很贴合的东西,就是我们共有的认知和天性。人的一生中,能遇到跟自己在各方面都契合的异性,一定是一件很不容易的事。有一个词叫'一期一会',我想我们的相遇就是一期一会。如果你不肯抓住这唯一的一次机遇,将来必定会十二分后悔。"

我说:"你的自我感觉太好了,有点儿自恋吧。"

刘启明笑着说他自己也注意到了。沉默了一会儿,他告诉我,从威海回天津后,他把对我的感情跟他儿子坦白了。我问他儿子是怎么想的。他说他儿子已经是成年人了,懂得尊重他的选择。苦恼的时候有朋友般的儿子在身边倾听心声,我想他真的是蛮幸运的。不过我还是惊异他有把自己的隐私跟儿子说出来的那份勇气。他说父子间需要的是坦诚而不是勇气,再说,是他儿子先看出他魂不守舍,猜测他在感情上出了问题,主动向他打探的。他儿子也是男人,或许男人之间比较容易互相理解吧。

今天我必须去一次单位,必须尽早跟刘启明分手,但分手之前必须对他说出心里话。他自己也说父子间需要的是坦诚而不是勇气,我跟他虽然不是父子关系,但父子关系跟男女关系一样,都是人与人之间的关系。我向他承认我并不是一丝困惑都没有, 也不止一次地想象过跟他的关系有可能发展到哪一步,但想来想去,结果都是一样的,就是我只能跟他说一声抱歉。看到我尴尬的样子,他劝我不要把话说绝了,即使我说得很绝情,他对我的感情也会一如既往,因为我没有欺骗他。我说我不是绝情,我只是觉得他要的那种关系不恰当。

　　也许真的存在所谓永恒的爱, 但爱怎么可能永恒地持续下去呢。关于刘启明跟我之间的关系,既然注定了两个人不可能在一起,不如现在就做一个了断。我把这个意思跟他说了,他打断我的话,问我是不是连一丝希望都不给他了。我说差不多就是这个样子吧。他皱起了眉头,想开口说话的时候,被我抢过了话头儿。我说两个人再聊下去的话,只能是剪不断理还乱,更乱。我强调这种事在很多男女之间都会发生, 每一个陷入爱的人都觉得自己的爱才是世间独一无二的。我对他说:"说真的,我已经觉得累了。因为我不想也不能背弃致远。"我说的是真的,直到此刻我还是不相信自己会有剩余的感情爱致远以外的男人。最后, 我继续闷声说:"你吻过我之后,我总是觉得内疚和自责。我已经很辛苦了，请放过我吧。"

对我内疚和自责的事，刘启明似乎很难过，他安慰我，说我不该如此这般地折磨自己。接着他问我什么是背弃。不等我回答，他自己回答，说感情上出轨不要一律归到品格范畴，就好像他吻过我的事，根本不能证明他或者我的品格有问题。我回答说，大多数人在感情出轨后会有些许的痛苦，毕竟人们对不伦的看法不好。已经有丈夫和妻子了，还在外边求新欢，自然会遭人反感的嘛。他叹了口气，说我不肯接受他的要求，归根结底是我怕遭人反感。我说有这方面的原因，但最主要的原因是我仍然爱着致远。停顿了一下，我补充说："我是一个软弱的人，没有意志抵御外界的诱惑才会让你吻了我。但是，虽然我接受了你的吻，却不愿意也不可能改变现在的生活。对我来说，你的一些想法和要求是危险的、自私的。"

也许我给刘启明的感觉是难为情，他温和地安慰我说："没有关系的，随便你怎么说，我都会尽力去理解的。"

我说："我希望你今后的感情再也不要受摧残了，之前那个离你而去的女孩足够你痛苦的了。还有，我希望你今后能过一种平静而又安逸的生活，以我的性格来说，是无法给你这样的生活的，梁一萍在这方面更适合你。你不是也这么觉得吗？在我的身上，有一种接近于邪恶的东西。"

刘启明回答说："可卿，你真的被男人宠惯了，你过去的生活过于安逸了。"

我问:"你是什么意思?"

刘启明说:"你不分真假。"

我说:"我还是不明白你话里的意思。"

刘启明解释说:"可卿,你不知道,你放弃我等于放弃了世界上最有价值的东西。我这里所说的价值,并不是指我自身,指的是我们两个人在一起时的那种无忧无虑、清新自然、生动活泼的感觉。"

我凝视着他,觉得他用的是一个作家的表达,夸大了跟我在一起时的感觉。是的,他把跟我在一起的感觉描述得像一个庞然大物。很明显,再跟他争论下去就要伤感情了。我故意打了一个哈欠,说昨天一夜未睡,回到北京后也没有时间睡觉,想早一点儿去单位,早一点儿回家,早一点儿睡觉。他恢复了平时的表情,呼吸也正常了。我站起来,问他是否可以走了。他说愿意陪我去单位,路上还可以再聊一会儿。我想了想,拒绝了他的建议。

我跟刘启明走出咖啡店。在去车站的路上,他形容我好像是他身边的一潭水围绕着他,他以为马上就可以抓住我了,却一次又一次抓空。但是他喜欢我围绕着他的这种感觉。我补充说:"长久以来,我就是一个精神恋爱者。男人跟我聊天是可以的,一旦想来真格的话,我就会退缩。"他问我是不是因为害怕才退缩,如果我拒绝他也是因为害怕的话,他愿意找致远谈这件事。我挥了一下手，这是我认识他以来，第一次觉得反感他。我对他说，这件事是我跟他之间的事，犯不上把致远也扯进来。如果他一定要把致远扯进来，那么去跟致远相谈的人也只能是我。我希望他不要再提致远。然后我在车站跟他告别了。

使我烦恼的是，跟刘启明分手后，我的脑子里一再出现他说再见前留给我的一句话："有梦才会有长远的眼光"。他还告诉我，这句话来自日本纪录片《人生果实》。

7

从单位出来，天已经黑了。想起致远说今天晚上要做好吃的，我几乎是一路小跑往家赶。到了家门口，我的心开始怦怦地跳。用钥匙开门的时候，我的手都有点儿抖了。打开门后，我在门前站着深呼吸了几下。

致远还没有回家。我吹了一声口哨，嘲笑过于紧张的自己。我洗了手，换上家居服，系上围裙，打算做饭的时候，致远提着一大包东西回来了。我打开包，发现里面都是我喜欢吃的东西。他买的都是熟食，我很高兴可以不用费事做什么菜了。从包里往外拿酱肘子、牛腱肉和蒜肠的时候，他在旁边形容我"眉飞色舞""见吃眼开"。我对他说："因为你买的都是我喜欢吃的啊。"

这的确是夫妻小别后重逢的样子，有一种强烈的欢喜和爱的感觉，有一种幸福就在身边的感觉。

致远从冰箱里取了两罐啤酒，我一罐，他一罐。两个人举着啤酒罐碰了一下，我开始狼吞虎咽地吃起来。虽然我有点儿担心，但致远似乎并没有感觉到刘启明的存在，也没有对我去 G 县的事有什么怀疑。感到内心的不安，我觉得累，暗自发誓不能因刘启明的存在而痛苦了。眼前平平常常的生活是多么的美好啊，简直跟奇迹差不多。

致远问我是几点钟回家的，我说大约是他早上刚出家门的时候。他说既然我是坐第一班车回家的，他也不在乎晚到单位一会儿，完全可以去车站接我的。我知道他这是在埋怨我没有让他去车站接我。从跟我谈恋爱开始，每次我去外地，无论是出差还是旅游，回北京的时候，他都会去车站或者机场接我，从来没有间断过。久而久之，他接我回家的事，都成了两个人生活的一个部分。我装作很在乎他的样子说："这次回北京的时间实在太早，而且又没有什么行李，干脆就一个人回来了。"他咬了一下嘴唇，带着酸溜溜的口气说："没想到你学会心疼我了。"我找不出合适的话来回答他，心虚地夹了一块肉放到他的盘子里。

致远闷着头吃菜，我想他在等着我说话。一直以来，家里吃晚饭的情景是，我啰里啰唆地将一天所经历的，事无巨细地跟他说一遍，比如遇到什么人了，碰到什么事了，买了什么喜欢的东西了,等等。我还有一个毛病,凡是去外地出差,回家后的第一件事就是用吸尘器把家里的灰尘吸一遍。我不在乎家里散乱,却非常在乎家里有灰尘。但这次出差回家,我不仅没有给他带礼物,也没有让他去车站接我,回家后也没有吸尘。他是一个细心的人,即使没有发现刘启明的存在,也发觉了我有什么地方不对劲吧。

我本来以为,下午在车站把刘启明打发走,就会跟他毫不相干了。但是我错了,他被我藏在心里的某一个角落,而且我的心仍然悬着,随时随地都怕他被致远发现。

吃完了饭,致远帮我把碗和盘子收拾到厨房,仔细地把桌子擦得干干净净,然后去厨房冲咖啡。不久,他端着两个情侣杯过来了。咖啡的味道很香,但是喝到嘴里却有一丝苦味。致远突然对我说:"你不对劲,看起来有点儿焦虑或者是不安,如果有什么事,可以跟我说说。"我很吃惊,心想事情跟我担心的一样糟糕,致远到底还是感觉到了一些异常。我说:"我可能是有点儿累了。"他沉默了一会儿说:"我知道你累的时候是什么样子,肯定不是今天这个样子,今天的样子是焦虑的、不安的,或者换一个直截了当的说法,说闷闷不乐也不为过。"说真的,他的感觉非常准确,我得找更好的理由向他解释。我对他说:"也许快到生理期了,我的肚子和头都开始痛了,所以情绪不太稳定吧。"他"哦"了一声,让我早点儿上床休息。

从这个时候开始，我跟致远再没有对话。他坐在沙发上看电视，我洗了澡，钻到被窝里。我没有关卧室的门。在电视的嘈杂声中，我真的很快就睡着了，醒来的时候已经是第二天早上了。致远就睡在我身边，给我一种熟悉的安全感。我想我不能过没有他的生活，我需要的是他。他的头发在我出差的时候剪短了，脖子看起来更长了，感觉像一只小公鸡。

　　第二天晚上，我跟致远吃晚饭的时候，座机的铃声响了。致远坐的位置离电话机近，所以他伸手拿起了电话，"喂"了两声后，示意打电话的人是找我的。或许跟我工作的性质有关，平时总是有各种各样的人打电话找我，早已经是司空见惯的事，但我的脑子里突然想起了一件事，刘启明昨天给我打电话的时候，用的也是座机。我的心紧张地抽搐起来，我担心致远在家的时候刘启明打来电话，我真的不想当着致远的面跟他在电话里聊天。

　　我"喂"了两声，果然听到了刘启明的声音。他说对不起，接着说他已经知道致远在我身边了，要我别说话，只听他说话，然后回答行或者不行就可以了。我立刻回答说："行。"他说他回到天津后，翻来覆去想了很多，还是觉得他昨天离开得太匆忙，没有把他的想法透彻地传达给我。他需要我找个时间和地方，跟他坐下来推心置腹地聊一次。如果可以的话，他希望今天晚上就能见到我。我坚定地说："不行。"他低声下气地问我："为什么？"问完后想起我当着致远的面没办法回答他，就说他并不想让我为难，但是他实在无法控制自己的感情，他想说服自己也没有用，他就是时时刻刻都在想着我，时时刻刻都想见我。我差点儿让他闭嘴，可当着致远的面，我只能装作若无其事地说："关于这件事，你这样做不太好，我告诉你怎么办吧。你最好当没有这回事，或者当这一次的事情已经结束了。"他回答说不行，因为他做不到。我问他现在是否在北京。他回答说："不在。"我刚刚松了一口气，但他马上告诉我："从天津到北京很快的，一眨眼的工夫就到了。"这一次，我坚定地大声地说了一声："不行。"致远看了我一眼，生硬地对我说："你也不要为难你自己，晚上你若没有重要的事，我也不在乎你出去见什么人。"如果不是我太了解致远，也许听不出什么问题来，但是我一下子就听出来有什么地方不对劲，至少他的语气就不对劲。我赶紧对刘启明说："对不起，五分钟后我有急事要处理，今天只能先聊到这里，以后有时间我再联系你。"不等刘启明回话，我果断地挂了电话。

完全是下意识的行为，我竟然开始向致远解释。用一句俗语来形容的话，也许就是所谓的此地无银吧。我说打电话来的是一个外地朋友，第一次来北京，想见我一面。他问我之前有没有见过这个朋友，我赶紧摇头说没见过，还说因为没见过，所以朋友才想借这次机会见我一面吧。他说对一个初次来北京的人来说，人生地不熟，而北京又这么大，景点这么多,也许真的需要一个人做向导的。他鼓励我去见这个朋友。我说不是我不想见这个朋友,也不是不想帮朋友的忙,只是我刚刚出差回来,身体非常疲劳。后来我很后悔最后附加的一句话,我竟然不打自招地说:"最主要我跟这个男人并没有见过面,根本也算不上是朋友。"

我语无伦次地解释了大半天,致远的神色反而变得不好看了。沉默了一阵子,他开口对我说:"你不会撒谎的。你只要撒谎,我一下子就能看出来。关于这个男人,你越解释,我就越觉得不对劲。这次出差回来,你一直魂不守舍的,我敢肯定你在什么地方出现了问题。"停顿了一下,他果断地补充说:"我敢肯定。"

我小声地说:"什么问题都没有,请你相信我,我只是太累了。"

致远用责备的口气问我:"你怎么不干脆地拒绝跟这个男人来往呢?"

我一声不响地坐回椅子上,将筷子拿到手里,却没有夹菜。过了好久我才开口说话:"致远,我不知道你在说什么,也不明白你为什么会往那方面想。"

致远一边站起来,一边问我:"你说的那方面,指的是什么呢?我才搞不明白呢。"他去沙发那里坐下,满不在乎地打开电视机看了起来。

我一点儿食欲都没有了。一直到睡觉,我跟致远都没有说话。我不说话，是因为我得费很大的力气才能维持住理性。夜里睡觉，他不断地在我的身边翻身。原来他的心里也不平静啊，我觉得非常非常抱歉。第二天早上他起得很早。我心里有新的打算，躺在被窝里不动。他走出房间的时候，我在他的身后大声地喊了一句"早安"。

因为致远发觉了问题，我担心现在的生活被毁掉，但又不知道下一步该怎么走，于是选择了逃避的方式。我跟单位请了三天的假，打算三天不外出，三天之内不接任何人的电话。虽然我还没有想到什么好的解决办法，但我唯一能做到的，就是在还来得及的时候尽力改变事情的走向。其实致远在家的时候，座机的铃声响过几次，我有意不接，他也不接，我想是他理解我的心情，愿意给我一定的时间吧。我敢肯定打电话的人中有刘启明，因为我设了留言，而有两个电话没有人留言。白天致远去单位，我一个人在家，回忆跟致远的点点滴滴，心里一阵阵的甜蜜、一阵阵的快乐、一阵阵的酸楚、一阵阵的忧伤。

我觉得内疚，觉得要失去对方的时候，身不由己地想的都是对方的好处。关于致远，有一件事令我在回忆的时候流了泪。

大学毕业后，因为致远在北京工作，我也选择了到北京工作。致远是我的初恋，但我在工作后，身边还是出现了几个喜欢我的男人。既然还没有结婚，偶尔我也会跟哪个感觉不错的男人一起去饭店或者电影院。终于有一天,我跟一个比我大将近二十岁的男人约会了。男人姓赵,名字叫启迪。有时候我会想,我可能跟"启"字有一种特殊的缘分吧。赵启迪提议骑自行车去郊外的八达岭国家森林公园。我跟着他骑了好几个小时的自行车才到达目的地。因为自行车的车座又硬又小,我的屁股都坐痛了。公园位于北京市延庆区境内,清静幽雅,万木葱茏,真是"长城脚下的绿色明珠"。一边欣赏长城一边远足的感觉真好。乐而忘返,让我们想起时间的是突然降临的大雨,以及闪电和滚滚的雷声。天空突然变成了一张黑色的巨口,用倾盆的雨水笼罩了所有的游客。我问赵启迪:"乌云是从什么地方来的?"他笑着说:"不知道。"被雨淋湿了身体,突然来临的刺激让我兴奋。我问他能不能不在乎雨,接着在雨中游览。他断然拒绝,怕不小心会中了雷,他拉着我的手躲到一座建筑物的檐下。他背贴着墙壁,把我拥在怀里。虽然我是背贴着他的胸怀,依旧还是感觉到了他剧烈的心跳。后来我不再注意他的心跳,因为整个世界都是闪电和雷声。我开始害怕,于是转过身面对着他。每一次闪电都会将他的面孔照得雪亮,我还从来没有如此清楚地看过他。我觉得我们随时都有可能被雷劈死。难以置信,他竟然开始吻我,他的嘴唇柔软而湿润,我变得晕晕乎乎的。

我们玩得太开心了,意识到雨停下来的时候,时间已经不早了,赵启迪说:"我们该回城了。"因为衣服是湿的,我们骑自行车时很费力。因为是夏季,衣服很快就干爽了。回到宿舍,天已经黑了,空气里的风带着雨的湿气。玩了一天,又惊又喜的,我觉得非常累。一进宿舍,室友就告诉我致远来过又走了。我谢了她。她补充说致远担心我被大雨困在车站,估计是去车站给我送伞了。我周身奔腾的狂热一下子就冷却了,只感到对致远强烈的愧意。我打算去车站找致远,但是室友说:"雨已经停了,致远说不定快回来了。"我问她怎么知道致远一定会再来宿舍,她打趣地对我说:"因为致远是你的未婚夫啊。"

我决定去宿舍前的路口等致远,他果然来了。一看见他,我便迎上去拥抱了他。看见我满脸泪水,他说送个伞这么小的事,用不着这么感动。我挽着他的胳膊一起回宿舍。他问我有没有被雨淋湿,为什么在车站没有看到我。他担心的样子给我带来了强烈的愧意,我忍不住对他说:"对不起,对不起,对不起。我真的很感动。"

赵启迪,以及八达岭国家森林公园、雨中的吻、对致远的那份歉意和感动,因为发生得太快,结束得也太快,就像那时候的闪电一样,我还来不及思索就已经过去了。我依稀记得在那之后的第二天我就感冒了,发了两天烧,致远无微不至地照顾我。

后来我才知道,赵启迪已经有妻子和孩子了。那时候我太年轻了,认为人跟人之间,最烂的关系就是情人关系。我跟他没有走得太远,除了因为我知道他有妻子和孩子,也因为我开始考虑跟致远的未来。

8

昨天回忆了一天,今天致远一出门我就从柜子里翻出跟他恋爱时两个人的通信。致远比我大一岁,比我早一年大学毕业。他去北京工作的第一年我还在上海读书。我跟他有整整一年的通信。比起信的内容,我更喜欢他的钢笔字。我们不用短信,尽可能少通电话,就是因为我喜欢他的钢笔字,他的字庄重而又遒劲,甚至可以用来作临摹的范本。我挑了几封信重读,旧日的情与爱带着新的诱惑重新贴近了我。毫无疑问,我的心里一直都揣着致远,即使我跟赵启迪和刘启明接过吻也还是没有把他取出来。这话听起来似乎是矛盾的,我想我也没有勇气在他人面前做这样的表白。不过人的天性是软弱的,情欲以及肉欲都会给人的感情带来巨大的混乱。人对自身是最无能为力的,最不能控制的就是感情,因为感情是天生的。

说好了三天不出门,我却打算去一趟天津,当然是当天返回北京。我乘早上七点二十分发车的高铁,七点五十三分就到了天津,路上只花了半个多小时。为了赶在刘启明去创作室之前到他家，我拦了一辆出租车。刘启明住的是一幢十八层的高层公寓，而他刚好就住在十八层。电梯到一楼的时候，我一个箭步跨进去。站在刘启明家门前时，我有点儿慌，我刚刚下决心，还没有彻底厘清跟他说话的顺序。我按了门铃，不久门被打开，刘启明的脸出现在眼前。看见我，他很惊讶，随后让我进屋。进屋后他抱住我不肯松开。我挣脱出身体，对他说："很抱歉，我没打声招呼就擅自跑来你家。"他说："这可是我求之不得的呢。"我说："我来是因为觉得自己一直都是胆怯和虚伪的，所以想跟你好好谈谈，给你一个交代。"他打断我的话，让我先坐下来再说。按照他的指示，我在窗边的沙发上坐下来。他去厨房准备茶水的时候，我开始打量他的房子。早就从他嘴里听说过他的房子和所谓的现代化生活设备，所以见到后并没有感到吃惊。他的家里一尘不染、干净整洁，除了生活所需要的设备，几乎没有其他的东西。最显眼的是那块紫红色的地毯，从客厅铺到阳台。阳台一看就是后装的窗，窗前有一个不大的葡萄架。葡萄架旁有一个不大的写字台，写字台旁有一个很大的、会摇动的躺椅。卧室的门开着，我坐的位置刚好能够看见咖啡色的衣柜。一切都太规矩了，规矩得失去了生活的气息，而这恰好是我喜欢的。

我不禁想起了致远。致远对家务的兴趣不大，家里所有的用具摆设都是我挑选并布置的。我其实有一定的洁癖症，比如东西用完后要放回原处，起床后被子要整理得像军营生活那样平整，但只要致远在，所有的东西都会乱套。慢慢我也变得不在乎了，不然两个人就会发生争执。也许夫妻生活中最重要的就是相互包容吧。同样有洁癖症的妈妈当着我的面说："想不到你结了婚，连喜好都会跟着致远变了。"妈妈是在责备我迁就致远。妈妈说的是对的，虽然我不在乎东西乱套，却不能说我习惯了东西乱套，如果是一个人生活的话，相信我还是会把家里布置得井然有序，就像眼前刘启明的家。不过，我跟致远生活到现在，有时候会觉得一定程度的凌乱也蛮好的，给人一种散漫的舒适感。

刘启明从厨房出来，手里的托盘散发着桂皮的香味，或许还掺杂着乳香。他一边为我斟茶，一边告诉我冲的是肉桂茶。茶汤呈金黄色，看起来更接近红酒。我喝了一口，类似桂皮的香气回转到鼻腔，舌面感到一股辛辣的刺激，仿佛口内含着薄荷。我说这茶很独特。于是他向我介绍，说肉桂茶是乌龙茶的一种，最早发现于福建的武夷山，香味留韵长久，回甘快。茶汤给人的感觉不仅是气场强大，而且孔武有力并霸气十足。我说虽然他做了一大堆的说明，但我的感觉似乎没有那么复杂，唯有满嘴的香味是真格的。香味令我感到满足。他让我好好品味一下，茶汤喝到嘴里后，是不是先受到刺激，仿佛桂皮的香在口中掀起波澜，但将茶水咽到肚子里后，又觉得桂皮香在身体中回荡。我还是品味不出他说的那些感觉。他说过一会儿我就会明白的，因为等茶喝到第四道或者第五道的时候，辛辣味会逐渐变淡，香味会转变为花香或者果香，口中只剩下甘甜。其实我并不怎么喜欢喝茶，我喜欢喝咖啡，所以品茶对我来说并不是一件轻松的事，而且我也没有品味的兴趣。他笑着对我说："我喜欢肉桂茶，是因为它的回甘好像我不顾一切羁绊想要追求的人生。"我尽量不显露任何表情，让他觉得我根本没有听出他话里的意思。

刘启明还在说茶，但是我已经不想听下去了。我有意转换话题，说他家里被他收拾得井然有序，哪个女人嫁给他，也算是有福气。说完这句话我忽然觉得尴尬，补充说我这是第一次到他家，自然对一切都觉得新鲜。他说凡是来过他家里的人，几乎都对他家的干净整洁感到惊讶，尤其是女人。我开玩笑说，他身边之所以一直没有断过女人，恐怕跟他的八面玲珑有关，一个会做饭又会收拾家的男人，毕竟是不多见的。

真的很烦人，我无心夸刘启明，现在却夸到自己都心动了，这让我感到沮丧。说真的，我对他的感情比较微妙，形容起来就是一进一退，而进退都由不得我自己，都是受外界的影响，比如现在，我似乎没有勇气向他表明来他家的目的了。

刘启明笑了一阵，自嘲说："即使我是一个会做饭又会收拾家的男人，又怎样呢？追我的女人我不喜欢，而我喜欢的女人,不肯留在我身边。我的人生可以说是阴差阳错吧。"

我不说话。他问我:"你也不想留在我的身边,所以特地跑到我家里来告诉我,是这样的吧?"

我回答说:"你说的没错,我是跑来告诉你要跟你分手的,但其实我们也没有开始,我希望的是你不要再继续对我抱有幻想了。"

刘启明说:"特地跑来求我做这种事,你真是个绝情的人。"

我替刘启明感到尴尬,不过把想说的话说出来后,心里一下子轻松了很多。我开始夸赞他:"你把家里收拾得井然有序、干净整洁,但我就是觉得缺点儿什么。我也喜欢规规矩矩的,但家总归不是酒店。我觉得你这个家缺少生活气息。"我看了一眼桌子上的茶,改口说:"也许我说得不对,茶也是具有生活气息的。唉,你还是不要听我胡说八道了吧。"

刘启明回答说:"不然我为什么一定要你嫁给我呢?你嫁给我,这个家才会完美;你嫁给我,这个家才会有生活气息。对于男人来说,女人就是生活气息,是生活的万种风情。"

我说:"我刚才的话算是白说了。"

刘启明回答说:"不仅是你的话白说了,你还白跑了一趟呢。"

刘启明去厨房冲了第二道茶,回来后让我喝,还说这道茶比第一道茶有更多的回味。我发现茶汤的颜色由酒红变成了金黄,香气似花香,但又想不出是什么花。我喝了一口,因柔醇带甘,不禁又咕噜了好几口。他问我:"比第一道茶好喝吧?"我点头。他接着说:"第三道茶汤的颜色将会是橙黄,茶香会变得像奶香,到了第四道,茶汤的颜色更淡,只剩甘甜,但喝到口中会感到平和并略带苦涩。"我说:"我今天要回北京,怕是来不及喝第三道和第四道了。"他说:"喝不到也没有关系,留点儿想头儿也不是一件坏事。"

明明是说肉桂茶,但刘启明把喝肉桂茶的过程说得好像人生的甘甜苦涩。我天性易受影响,不知不觉间心情沉重起来,并想起了到他家来的目的。我来是告诉他我要跟他一刀两断,他至多只能做我的一个普通朋友,我不可能因为他跟致远离婚。关于这些话,刚才我已经说过了,不好意思再重复一遍,于是将两只手合在一起对着搓了一阵,然后眼睛望着阳台上的葡萄架告诉他,我其实并不反感跟他在一起,如果不是我结了婚,有一个挺幸福的家庭,也许会试着跟他在一起,但现在我真的帮不了他,也帮不了我自己。

刘启明对我说:"你说我翻来覆去地老说同样的话,你现在说的也是翻来覆去说过的话。"

我回答说:"我知道,我只是想告诉你,虽然我不能跟你在一起,但问题不在你。我不能不面对现实。我很无奈。我不是一个两面三刀的人,一不小心就会把人生搞砸的。"

刘启明说："我认识的很多人，在面对同样的事、同样的问题时，都因你说的这个原因而放弃了尝试。我感谢你，至少你还挣扎了一阵。"

　　我挥了一下手说："你错了，我并没有挣扎，是我的性格让你产生了误会。遇到事情的时候，我总是优柔寡断，总会纠结很长时间。我身边的人，包括我妈妈，都指出我的这种性格害人害己。我做不了大事，离婚对我来说实在是很大的一件事。"

　　刘启明问我："我本来以为，你既舍不得失去致远，又舍不得放弃我，你想两个人都要，但又害怕出现什么问题，或者你有良心上的不安，但我以为的是错的，你根本就没想过要跟我在一起，是这样的吗？"我一个劲儿地点头，说他分析得非常透彻，还说我就是这样一个人，连自己都会生自己的气。他脸上的表情消失了，对我说："其实你已经意识到，你的一些言谈举止会让人产生某种期待。"我急切地用手指了指心口说："对不起，我不是有意让你产生误会的。"

　　我的身体开始出汗，问刘启明可不可以开窗透透气。他说开窗会让室外的灰尘随风进来。他打开空调，选择了"送风"。过了一会儿他问我："有没有觉得舒服一点儿？"我告诉他："舒服多了。"他建议我还是尝尝第三道肉桂茶，我同意了。他去厨房冲茶的时候，我掏出手机，看了一下时间。

　　果然如他所说，第三道肉桂茶是橙黄色的，飘散出奶香。我喝了一口，感觉幽而淡，有一种说不出来的美妙。我感叹说肉桂茶真的是变幻莫测，从琼浆玉液到山清水秀，其中经历了三生三死般的精彩，而只有全部品尝了才会体会到它的好处和妙处。他说肉桂茶虽然有这么多的精彩，但如果泡制的方法不得当，差不多到了第三道就会失去所有的色香味，毫无美妙可言了。他对我说："一定要用心泡制才行。"他说得对，人类是在用心的创新中追求完美的。他用心的程度决定了肉桂茶的味道。

我现在依旧记得肉桂茶的香气和味道，但确切是第几道茶的香气和味道却非常模糊。我印象深刻的只有一件事，就是后来刘启明向我述说的那些长篇大论："可卿，不是我向你表白我自己，其实在感情这方面，我差不多是失望的。我这么说，也许令你觉得我很矛盾。就好比一个人逛集市，逛了一大圈也没有找到想要的那个东西，灰心丧气地离开集市时，无意中的一次回头，却发现远远的树影下站着一个女人，而这个女人正是他苦苦寻觅的。如果我就是那个人，那么可卿你就是树影下的女人。我觉得很幸运，因为我遇到了你。但我又觉得很苦恼，因为你有难处。"他说这话时的样子给我的印象也很深，比如他说话的时候两只眼睛并不看我，看的是天井，也许天井上有他想象的那棵树。还有他说话的时候，胸部在轻轻地起伏，我那时想安慰他，现在我也还是想安慰他的，但我只说了一句："对不起。"他举起茶杯，说要跟我碰一杯，于是我跟他用茶水干了杯。他接着对我说："我不会纠缠你，不想让你为难，因为我觉得结果并不重要，重要的是过程，就像肉桂茶，经历了三死三生才会被人理解它的完美之处。我要你接受一点，就是在我跟你之间，大前提可以不管，结局也不要急着去考虑了。"他的话太复杂，以至我又开始伤心了。他跟我道歉，说他有点儿操之过急了。

我脑子里想的跟刘启明说的不一样。我向他指出，虽然过程很重要，但对于我来说，前提和结局也很重要。在对象关系上，他是一对一，只求一种结果。而我的对象关系是一对二，不仅如此，还别无选择，因为婚姻不能心血来潮，不能想结婚就结婚，想离婚就离婚。

"事到如今，"刘启明对我说，"我已经意识到有点儿操之过急了，我不介意你如何对待我，我介意的是我自己的内心情感。以后我会在心里为你时时刻刻保持自由。那天你不让我送你去单位，在车站跟我告别后，我意识到我的梦是因为你的出现才有了意义。真的，我待在你身边的每一分钟都觉得幸福。我愿意为了跟你在一起放弃其他的东西。你有难处不是你的错，但也不能妨碍我需要你的心思。无论如何，这种体验一生中也许只能遇到一次，我是很幸运的。"

我笑着说："我们都不算年轻了，不要说得这么浪漫，反而令我觉得更加没有底气。说真的，一大早跑来你家，我也拿不准是不是真的出于原则要跟你绝交。你勇往直前，不对，说白了是纠缠不休，我觉得累，但是并不反感你。"

刘启明也笑了。我打算离开的时候，他拿出一盒肉桂茶送给我。橙黄色的包装盒真挺好看的，但回家后我把茶藏在一个平时不太使用的抽屉里，过了两三个星期才拿出来，摆在其他茶的中间。不知道是不是这个原因，致远一直没有问过我肉桂茶是哪里来的。

从天津回北京的当天夜里，我几乎一夜没有睡好觉。不仅如此，白天我也什么都不想做，像一具僵尸似的挺在床上，但心里却有很多事在相互轰炸。

9

致远今天有一个接待任务，打电话通知我说他会晚点儿回来。我一个人吃的饭。那天离开刘启明家的时候，除了肉桂茶，他还送了一本新出版的书给我。这时候我无事可做，便上了床，靠在床头读起这本叫《化石砚台》的书。

半睡半醒的时候，致远带着一身酒气回来了。看他走路摇摇晃晃的样子，不用猜我都知道他是喝多了。他喜欢酒但并不能喝太多。我把刘启明的书悄悄放回书架，问致远是不是喝多了。他回答说是。我问他喝了多少酒。他说喝多少都跟我没关系。他的态度很糟糕，认识他以来我还是第一次看

下一个车站

见他横眉冷眼的样子。我问他:"为什么不开心?"他骂了一句:"脏货。"我又问:"脏货是什么?"他哼哼了几声,让我别再烦他。我不知道他为什么如此粗暴,他先是不搭腔,不久突然开口说:"你自己心里最明白。"我说:"我不明白。"接着我责备他不该喝这么多的酒,不该失态、失礼。他又骂了一句:"脏货。"轮到我生气了,要他说清楚。我对他说:"你不要耍酒疯好吧。"他露出厌恶的神情,对我说:"你以为我不知道你是跟谁一起去那个什么县的吗?你说是采访,天知道一男一女偷偷地凑在一起会做什么。还有,你偷偷去天津见那个男人了,对吧。"他还想说下去,我打断他的话说:"你要是我丈夫,最好在这里住嘴。"他问我如果他不住嘴的话我会怎么样。我瞬间怒不可遏,跑进卧室,关门的时候回过头对他说:"我想你不愿意跟一个'脏货'睡在一起。至于睡哪里,请你自便。"我砰的一声关上了门。

过了很长时间我才从怒气中平静下来。我跟刘启明一起去 G 县,我偷偷地去天津见刘启明,这两件事是事实,但致远又是怎么知道的呢?我以最快的速度将所有的可能性都想了一遍,终于被自己的疏忽吓了一跳。去 G 县的时候,刘启明曾经送给我一本他写的书,当时我让他签了名字和日期。前几日我去天津的时候,他送给我的那本《化石砚台》,我也让他签了名字和日期,更糟糕的是,也许是为了纪念我第一次到他家,刘启明特地在日期后面加了"于天津"

三个字。不用说,致远是看到了书架上刘启明给我的两本书,并发现了书上刘启明的签名和日期。因为我的疏忽,如今刘启明的这两本书,成了致远怀疑我最有力的证据。即使我可以解释刘启明为什么跟我同时出现在 G 县,却无法解释我为什么会背着他偷偷跑去天津。这些东西清清楚楚地证明了我是在欺骗他,而最终却是由他来揭穿了我的谎言。所以他骂我是脏货,所以他骂得也没有错。

致远没有进卧室,我想他是睡在客厅的沙发上了。结婚后我们还是第一次分床睡。我用鼻子嗅着他用过的枕头,嗅着他身体特有的牛黄解毒片的气味。想到这种特殊的气味也许会消失,我陷入了深深的沮丧。致远一定觉得我不仅欺骗了他,还出了轨。我想不出怎么跟他解释我没有跟刘启明上过床。以前我们之间也有过不愉快,但只是生闷气,气消了就和好了。这一回,从来没有骂过人的他却骂我是一个脏货,这种状态很糟糕,他跟我的关系可以说是岌岌可危了。我潜意识里觉得他已经向离婚迈出了第一步。

也许是因为致远骂了我,我对刘启明不由得生出了一丝怨恨。我想找一个人诉苦,但想不出能替我保守秘密又能帮助我的人。我打开通信录,里面也没有我觉得合适的人,再说已经午夜了,即使有合适的人,也不方便打电话了。

我想了很多方法,比如我毫无保留地向致远坦白实情,向他表白我的诚意,然后,我要向他保证不再跟刘启明有任

下一个车站

何来往，此外我还可以用婚前的四条约定来要求他，让他原谅一次我所犯的错误。不过无意的欺骗不知道算不算错误，毕竟欺骗是品格上的问题啊。首先有必要搞清楚致远对欺骗是怎么定义的。所以我还得向他解释，告诉他我之所以偷偷地去见刘启明，是因为想跟他做一个了断，让他不要对我抱有希望。不过致远也许会说："了断还不简单吗？不联系刘启明就可以了，非得亲自跑到他家里吗？"

因思绪乱游，我睡不着觉，突然想喝点儿什么。去冰箱取啤酒的时候，我看见致远在沙发上睡得很熟，身上盖着他自己的外套。我想把外套换成被子，又怕惊醒了他。我站在他身边看了一会儿。他的鬈发披散在额头上，很可爱。这个时候我好想吻他，好想他能够睡在我的身边。我默默地看着他，喝了一罐啤酒，酒劲上来后我觉得困了。

早上睁开眼睛后，我发现致远已经做好了早饭。一式两份，煎鸡蛋和煎香肠，外加一片面包。我不能理解他的心思，不过我看他的时候觉得心里很痒痒。他穿了一套带格子的灰色西装，没有系领带，鬈发被整齐地梳在耳朵后边，脸上的神情好似少年。我跟他说："早上好。"他同样问候了我，接着以极快的速度吃完饭，眼睛看着窗外说他要去单位。我看着他出门，心里后悔没有勇气跟他说一声"对不起"。一阵空空荡荡的饥饿感向我袭来，我狼吞虎咽地吃了他做的早饭。表面上看，似乎一切都没有变化。

昨天夜里，其实致远也没有睡踏实。走出家门后，他意识到心里对我产生的恼恨更深了。跟事实相反，他认为我去见刘启明的事是有预谋的。我去 G 县采访的时候，他开始感到不对劲，因为什么都跟他汇报的我，外出的那几天一直没有跟他保持密切的联系，即使他给我打电话，聊不上两句我就会匆匆地挂掉。我从 G 县回到家后，他发现我经常走神，心思动不动就不知跑到哪儿去了。一天，他看见书架上多了一本新书，打开后，发现扉页上有作家本人的签名，而签名日期正是我去 G 县采访的日子。书里还有作者本人的照片。跟我在一起很多年了，他比谁都知道我的趣味和爱好，包括我对男人的喜好。毫无疑问，那个叫刘启明的作家，从头到脚都正合我的喜好。他把事情梳理了一下，肯定了我是跟刘启明一起去 G 县的，而正是刘启明的出现让我回到北京后经常魂不守舍。他在网上查了跟刘启明有关的一切，知道他曾经写过一部以离婚为题材的小说。他很难过，但是相信事情会因时间的流逝得到解决，因为他相信我，相信我跟他之间的感情。另外的一天，他发现书架上又多了一本新书，也是刘启明写的，打开书，看到作者本人的签名和日期，他很惊讶。我说跟单位请了三天的假，是为了好好休养一下疲劳的身体，但白纸上的黑字告诉他我跑去天津见刘启明了。不用想他都知道我去的是刘启明的家。上一次意识到我跟刘启明的关系他觉得很难受，这一次他觉得很受伤，心仿佛裂成了两半,一半是爱,一半是恼恨。他想跟我或者跟刘启明问个究竟,又觉得这么做毫无意义,因为我对刘启明已经动了感情啊。以他对我的了解,认为我会将问题解决得很好,再说移情别恋这种事不适合面对面地戳穿,一旦戳穿就没有回头路了。他决定暗自等待。昨天单位让他接待客人,他不知不觉喝多了,回家后控制不了压抑了很久的情绪对我发了脾气,并用那么肮脏的字眼骂了我。骂过我后,他觉得舒服得不得了,但早上起床后,模模糊糊地想起昨天晚上发生的事,又觉得很狼狈。平时的早餐,他跟我谁起得早谁做,所以他跟平时一样做了早餐,但觉得没有心思吃饭,没法假装什么都没有发生过。一路上他都在怀疑我,不相信我跟刘启明是清白的。

10

现在,下班后致远不想马上回家。与其说他想躲开我,不如说他不愿意看见我那副魂不守舍的样子。一开始他去书店或者咖啡店打发时间,后来有人邀请他打麻将,他去了两次,竟不小心上了瘾。他打麻将的时候,神经很兴奋,尤其输钱的时候更兴奋,一心想把输掉的钱赢回来。这种心理很像他想把我的感情从刘启明那里拽回来。

我对自己说,致远迷上麻将不过是一时迷了心窍而已,不久就会醒悟的。再说事情的缘由在我，他成为这个样子也是对我的惩罚。因为我觉得亏欠了他，所以每天都会做好饭等他回家吃。尽管我极力表现，但他不在家吃饭的次数还是多了起来。有一个周末，他竟然一夜都没有回家。我等到第二天的傍晚，终于按捺不住心中的怒火，给邀请他打麻将的李小辉打电话。过了一会儿，他回家了。我对他说："对不起，我不想这么做。"可能是因为打了通宵的麻将，致远的脸色很苍白。他放下背包，去浴室洗了澡，不看我，也不跟我打招呼就去沙发上睡觉了。他一直睡了十多个小时，睁开眼睛后饭也没吃就去了单位。不知道为什么，我那天晚上突然想念起刘启明来。

自从我把过错推到刘启明身上，跟他已经有一阵子没联系了。

可是尴尬的处境并没有改变，我下决心要跟致远把问题彻底聊开。一天，我给他打电话，希望他晚上能够在家里吃饭。他说下班后要开一个会，要七八点钟才能回家。他已经有好多个日子都是深更半夜才回家的，所以我很高兴。六点钟就开始迫不及待地做他喜欢吃的菜。七点钟，菜全部被我端到饭桌上，剩下的就是等他回家。一个小时过去了，他没有回来。过了九点，他还是没有回来。我等了他足足三个小时，而他连个通知的电话都没有。我一个人吃完了冷掉的饭和菜。使我烦恼的是，我对声音变得很敏感，有一点儿声

　　　　　　　　　　　　　　下一个车站

音,我都会把耳朵竖起来,心里期待那个声音是来自致远。我的心也跳得很厉害,并因此觉得难受。十点钟我下楼,想散散步分散一下心里的不安和烦躁。

在楼下,我遇见了跟致远在同一个部门工作的王若贵,以为他也参加了那个会议,我问他:"会议是什么时候结束的?"他反问我:"什么会议?"看到我困惑的样子,王若贵说:"致远下班后跟几个同事去李小辉家里打麻将了。"他让我给李小辉打电话,还说已经这么晚了,估计麻将也打了几圈了,差不多到结束的时间了。

我跟王若贵的妻子是好朋友,经常去他家玩,跟他也算是比较熟。这时候,我心里本来就抑郁,加上被他知道了致远向我说谎的事,不知说什么好。他安慰我说:"致远之所以没说实话是因为不敢。"我猜他知道致远三天两头打麻将的事。他尴尬地向我道歉,说他不该多嘴,又说他也觉得致远三天两头打麻将不回家不太好,但作为一个外人也不方便说三道四。我摇摇头,让他不用在意。他让我再等一会儿,好像跟我一样的焦虑和痛苦。他的善意触动了我,我说:"致远告诉我下班后有一个会,还说七八点钟就回家,我做了他喜欢吃的菜,等了三个多小时。结果并没有什么会,不过是他又去打麻将了。"因为说得太急,我有点儿上气不接下气。王若贵不自然地劝我别生气,还说这就回家替我给李小辉打电话。我对他说:"不用打电话了,很长时间以来致远都是深更半夜才回家的，我已经习惯了。"他说："啊，是这个样子啊。不过今天都是我多嘴。"然后他跟我告辞，我也没有心情散步了，跟他一起往回走。我们住在同一栋楼，我住在五楼，他住在三楼，他比我先到家。分手的时候，他对我说："致远应该马上就回家了，别再生气了。"

过了半小时，致远回来了。

明明是致远对我撒了谎，我在等他的解释，但是他却阴沉着脸，一副怒气冲冲的样子。我的心里也有一个微弱的火苗在跳动，只要风轻轻地吹一下，火苗就会蹿上来一发而不可收。

致远洗完澡，换了一套墨绿色的格子睡衣，我的情绪稍微缓和了一点儿。绿色真的会让人心情平和。他想喝饮料，开关冰箱门时非常用力。我告诉自己要冷静，要好好说话，然后向他指出，用那么大的力气，会把冰箱门摔坏的。他只要道个歉，或者说一句"知道了"就会没事的，但是他一副不想搭理我的样子。我问他是不是又去打麻将了，他一边喝饮料一边说不关我的事。我责备他，说他去打麻将也没有关系，但至少应该通知我一下，那么我就不会花时间做那么多的菜，也不必等到菜凉了才吃。尤其他不该对我撒谎，说晚上有什么会议。他连解释的心情都没有，只是重复说了一遍不关我的事。这句话像一块石头压在我的胸口上，令我半天说不出一句话来。也许是第一次，我真的想揍他。

下一个车站

冷静下来后，我叹了一口气说："我做了三个菜，炖了一个汤，都是你喜欢吃的，就因为你说七八点钟会回家，我等了你三个多小时。"

致远回答说："我没有拜托你做饭做菜，也没有拜托你等我。"

我感到一阵眩晕，觉得没有办法跟他对话，干脆直接问他："你到底还想不想跟我一起过日子了？"

致远冷冷地回答说："不是我不想好好地跟你过日子，是你不想好好地跟我过日子。"

我说："请你不要误会，虽然我埋怨了一大堆，归根结底，我只是不希望你对我说谎而已。"

致远问我："那你对我撒的那些谎又该怎么解释？"

我闭了一会儿眼睛，竭力用平静的语调说："我没有撒谎，也许我隐瞒了两件事，但隐瞒跟撒谎是两码事。"

致远"哼"了一声，以不可理喻的神情看了我一眼，然后问我："你真的觉得你做的事跟欺瞒无关吗？"他使用了"欺瞒"这两个字。

我说："事情过去这么久了，虽然你对我的误会我不能全部解释清楚，但我以我的方式在努力。我已经不想再提那两件事了。再说，那两件事跟你想象的不一致。"

致远也懒得跟我争辩似的说："希望你以后不要跟我的同事说我的事，不要把我的同事扯进我们的矛盾中。你不在乎别人怎么想,我可不想在别人那里丢人呢。"他这么说,我知道他又误会了我。

很明显,王若贵给李小辉打了电话,但他是出于好心。他不希望我不开心,不希望我跟致远的关系恶化。他一定想不到我跟致远的关系已经摇摇欲坠了,他也想不到他的好心反而让我吃了亏吧。我对致远说我没有故意找人说他的事,不过是"凑巧"在楼下碰到了王若贵,"凑巧"我以为王若贵开完了会刚刚回家。致远不耐烦地挥了一下手,打断我的话说:"这一点你不必解释了,但是以后请你不要在乎我是否在家里吃饭,不要在乎我几点回家,甚至也不要在乎我是否回家。"我说:"我不可能不在乎。"致远不说话。我问:"请告诉我,你到底为什么要这么做?你到底想怎么样?"致远舒舒服服地坐在沙发上,说他没有必要回答我的问题,但是他希望让我知道,即使是"凑巧",我的行为还是让他在同事面前丢了面子。致远强调说:"有些事不见得是故意的,但客观效果不凑巧会使结果变得很糟糕。"他停顿了一会儿,接着补充说:"不过我已经不在乎什么客观效果了。"致远看着我,似乎在等待我的回答。

我明白致远话里的意思,对他说:"我知道你不想跟我一起生活了。你不想回家的话,最好现在就离开这个家,永远都不要再回来了。说真的,事情本来挺简单的,是你把事情想得很复杂,而我对你一再的纠结感到疲倦了。"

致远站起来，把喝光了的饮料瓶子丢到垃圾桶里，对我说："你没有权力让我离开这个家。如果一定要有一个人离开，我觉得那个人应该是你。"看到我惊讶的样子，他问我，"你爱这个家吗？"

我回答说："当然，也许比你更爱这个家。"

致远沉默了一会儿，对我说："我们今天还是别再争执了，睡觉吧。"他躺回沙发，用被子蒙住头。

说真的，刚才的进程太快，不自觉地到了赶他离开这个家的地步，我自己都觉得惊讶。万一他或者我，不管是哪一个人，真的离家出走的话，后果不堪设想。我差不多也明白了，在他看来，令他觉得我不爱他的点就是刘启明的存在。

11

很早以前，我读过波伏瓦的书。那时我特别年轻，所以对下面的话有过剩的感慨：

> 在爱情中的女人会尝试以他的眼睛来观物，阅读他念过的书，喜欢他爱好的图画和音乐。她只对和他在一起欣赏过的风景或者表示过好感的事物发生兴趣。她友其友，敌其敌，一切以他的意志为意志。充满在她肺中的空气是他呼吸过的。如果不是从他手中得到的花

朵和水果就没有甜味和芳香。她点到了时间和空间，她的立足点不再是世界的中心而是他立足的地方。所有的路都通到他居住的地方，然后以那里为起点。

以往的我，许多地方都跟这段话里说的非常相像。比如读大学的时候，我选择学日语是因为致远会说一口流利的日语。大学毕业的时候，我选择到北京是因为致远选择了在北京工作。我开始练书法是因为致远的钢笔字写得特别好。我喜欢恩雅的音乐是因为恩雅是致远的最爱。但现在我觉得，我之所以会在很多方面受致远的影响，不过证明了我是一个不聪明的女人而已。就像现在的生活一样，因为做好了饭菜致远却没有陪着我吃，饭菜在我的嘴里就成了蜡。他总是被我置于高出自己的位置。

出乎我的意料，致远的行为更加过分，简直可以说是变本加厉。反正他根本不在乎我了，根本不跟我说话了。我就像书架上的刘启明的那两本书，致远不想再碰了，连书架都不想碰了。他开始连续几天不回家，即使回家也只是睡觉，睡得像一个死人。

没有致远的夜我总是不能习惯，触景生情说的是真的，平平常常的日子还好打发，一旦遇上刮风下雨的日子，我心里的郁闷会膨胀到崩溃。但时间在消逝，日子一天天地来了又去。

下一个车站

一个雨打芭蕉的日子,致远没有回家。我睡不着觉,胡思乱想中,忽然觉得现在的家对我来说已经成了没有蛹的空茧壳。我觉得孤独,孤独的感觉像一堵无法穿越的墙壁。有那么一刻,我甚至想到了死,因为活得一点儿都不开心。不过我只是想死,并没有去死的打算。我穿了一件比较暖和的外套,带着一把雨伞走出家门。秋天里,即使下着雨,空气似乎也是清爽的。我在公寓前的街道上走了几个来回,有几次看见白色的轿车从远处驶来,我的心马上就抽紧了,因为李小辉开的车就是白色的,而致远基本是坐李小辉的车回公寓。

然后我意识到了一个问题:不打麻将也不回家的日子,致远睡在什么地方呢?但这个念头只是一闪而过。

雨夜令我格外烦恼的是声音太多太杂,好多次我听到有人用钥匙开门的声音,结果都是误听,而我得花好几分钟才能适应骤然加速的心跳。好多次听到有车停在公寓前的声音,我趴在窗口的玻璃上看,知道不是李小辉开的白色轿车时,会觉得非常失望。夜变得漫长,变得跟我的等待一样漫长。我不想一个人待在家里,也不该一个人待在家里。

凌晨四点,致远真的回来了,我从期待和抑郁中解脱出来,我告诉自己不要激动,不要失态。毫无疑问,嘘寒问暖是我见到他后最想做的一件事,但是我却假装睡得很熟。

天啊,没想到致远竟然直接走进了我们的卧室,但他身上散发出浓烈的酒气。我觉得不舒服，想离开他身上的酒气，又想留在他的身边。他躺到床上没多久就睡着了，发出轻微的鼾声。房间里的味道不太好，为了换气，我打开卧室的门和换气扇，然后坐在床边呆呆地看着他。不知道我看了多久，慢慢地，我泄气地发现，他的样子变化很大。夫妻关系出现问题没多久，他就从一个阳光灿烂的男孩变成了一个性情乖张的、灰头土脸的男人。雨不知在什么时候停了，周围很安静。真奇怪，我很想吻他，但头低到一半就停止了。

我跟刘启明见面是这一夜过去不久后。

自从我知道致远发现了刘启明的存在，不管致远的态度和行为多么恶劣，我一直拒绝接刘启明的电话，但又在感到孤独难熬的时候情不自禁地想起他。我会想起跟他一起散过步的那些海滩和河岸，仿佛再一次听见海浪声，也仿佛再一次看见河水的涟漪。不过，至于刘启明本人，我把他归档到头顶上的一片流云了。

而对于刘启明来说，越是见不到我，就越是焦虑，越是难以克制地想见到我。有一家在青岛的企业邀请他写一部报告文学，他想起 G 县的时光，想带着我一起去青岛采风，但我就是不接他的电话。他知道我是故意不接他的电话，每天都过得很辛苦。他老是想来北京，其实他来过，心怀希冀远远地眺望着我所居住的公寓，几个小时后又一无所获地回到天津。他从来没有想到我跟致远的关系已经恶化到无可救药的程度,更没想到是他的责任。

　　刘启明在去青岛的路上,烦心的事接二连三地发生。最让他哭笑不得的一件事是他抽烟时不小心将烟蒂掉在了卧铺上,毛毯被烧出了一个洞。邻座的大叔鼻子好,嗅到了烧焦的气味,报告了列车长,列车长当场罚了刘启明一大笔钱。刘启明跟列车长吵了起来,理由是他觉得被罚的钱太多。但是列车长对他说:"如果引起火灾的话,你倾家荡产也赔不起的。"他说:"事实是只烧坏了一条毛毯,并没有真的发生火灾。"列车长回答说:"就因为没发生真的火灾才罚你的钱啊,目的是要你记住这教训,今后不再犯同样的错误。"列车长离开后,他开始思考:惩罚对一个人的意义到底是什么呢?他得出的结论是,惩罚会令人在最后失去自责的意识,因为他觉得刚才的内疚跟罚掉的钱相抵了。

　　到了青岛后,企业负责人为刘启明接风。饭桌上,刘启明喝了很多酒,酒后他一个人跑到大海边,抱着双膝坐在礁石上。威海笔会还有南湾公园发生的事,在他的感觉中,已经不像是真正发生过的事了。他再一次感叹,觉得人在某些特殊情况下会丧失时间的概念。他始终不能理解的是,在爱情面前,什么是道德的,什么是不道德的。即使在他试图思考的时候,也知道这些想法很可笑,因为他不能对自己的爱情做道德上的审判。他觉得自己是一个热爱自由的人。对他来说,道德与不道德的区别并不大,或者说就是一张纸的正反面,如果有人随便指着一面说是道德的话,那么另一面就是不道德的,反过来也一样。

当时,刘启明的心思完全不在采风上。很明显,他在青岛待不下去了,多一天也待不下去了。第二天,他狂躁地对企业负责人说:"我想要所有可以参考的资料,我打算把资料带回天津。"企业负责人问他:"您是说您今天就要资料,今天就回天津吗?"他说:"是。"企业负责人对他说:"希望您尽力宣扬我们的创新精神。"他跟企业负责人握手,回答说:"材料交给我就好了,请相信我会尽最大的努力写好文章。"企业负责人用一丝不苟的神情对他说:"那么我们就各就各位吧,我觉得写文章就跟女人生孩子似的,写文章是你们作家的事。"刘启明瞪大眼睛"哦"了一声。

12

刘启明没有回天津,而是来了北京,在一个公用电话亭给我打了电话。我问他:"你不用自己的手机而是用公用电话,目的就是让我接电话吧?"他说是,还说他人正在北京。我知道他接下去会提建议,建议我找个时间跟他见面,两个人好好地聊一聊,于是果断地对他说:"别费心了,我已经够烦的了。"我说烦,是希望他能够猜出我现在的窘境是他带给我的。对他和致远,我都抱有一定程度的怨恨。就说致远

　　　　　　　　　　　下一个车站

吧,从他发现刘启明的存在后,时间已经过去这么久了,而他的惩罚却没完没了,我都开始觉得累了。有时候,我觉得致远的胸怀太小,不肯包容我,不肯给我机会,有时候又觉得致远其实就是不想领我的情吧。致远的言行已在不知不觉间严重地伤害了我。对于我所犯下的错误,我不再奢求从他那里得到谅解,甚至我已经习惯了他不回家。

刘启明说:"我不管,反正我在国际饭店等你,我会一直等下去,等到你来。"

不等我回话,刘启明就挂断了电话。我反反复复地问自己:待在家里好呢,还是去国际饭店好呢? 这时候的我很蠢,不知道该走哪条路更好。

我不愿意承认的是,去国际饭店见刘启明,也许是因为我的心里多少怀有对抗或者惩罚致远的企图吧。我努力也好,不努力也罢,对于致远来说,反正都是无所谓的了。对于致远来说,有关刘启明的事,我是永远也说不清楚的了。我跟致远之间的信任已经不存在了。有一天,他一口气对我说了这样一句话:"不知道跟一个自己不信任的人如何牵着手走完人生的旅途。"

半个小时后,我一点儿也没有打扮,头发凌乱地拦了一辆出租车直奔国际饭店。我很生气,因为刘启明见我的第一句话竟是问我为什么一直不接他的电话。我以为他会谢谢我呢。我也不能告诉他我来见他的目的,就好像是我受了致远的虐待,特地跑到他这里寻找安慰似的。

最近,我老是讨厌自己的不可救药,好比现在,明知道致远不可能回家吃晚饭,心里却琢磨着要在下午五点之前赶回家。有一句话叫"不怕一万,就怕万一",万一致远刚好今天回家了呢?人痛苦往往是因为不愿意轻易地放弃希望吧,我也不例外。我选择了来见刘启明,可见到他不到一分钟又开始纠结。我的脑子里想的都是应该如何处置他,好像他是一个东西,不知道放在什么地方才是最合适的。如果说在致远那里,我的痛苦源于希望,那么在刘启明这里,我的痛苦或许源于一种想放弃又想留在他身边的模糊的挣扎。或许它们本来就是同一个东西,不然我也不会在致远和刘启明之间来来回回,迟迟做不了决定吧。

在国际饭店的会客大厅,我目不转睛地看着刘启明脚下的大包小包。他把接受邀请写报告文学但没有在青岛待下去的事说了一遍。听了后,我的心里生出了一丝感动,但感动之余却是忧心忡忡。我问他:"你特地找我出来干什么?"我并没有意识到内心的情绪,但被自己说话时不耐烦的语气吓到了,不由得深深地吸了口气。他说他找我出来当然是因为想见我。我"嗯"了一声说:"但我只能给你一个小时的时间,下午五点钟之前我必须赶回家。"

刘启明很不自在地说:"我带着这么多的行李,直接从青岛赶到北京见你,你不觉得很不容易吗?你用这么冰冷的

下一个车站

态度跟我说话，我的心很痛。"

我想说刘启明的痛苦是他自找的，还把我也拉到了痛苦的深渊，但是没有说出口。因为一时间找不到合适的字眼，我四下张望了几眼，很努力地对他说了一句"对不起"。他的表情恢复正常，问起了我的近况。我呢，事到如今，觉得已经没有什么是值得隐瞒的，没有什么话题是不能说的，干脆照实告诉了他。他默默地听完，有气无力地向我道歉，说我的烦恼和痛苦是由他一手造成的。感动是如此的老套，此刻我坐在他的对面，他偶尔倾耳的时候，我便能看见一张雕塑般棱角分明的侧脸。这时候我就想，感情这种事就是瞎闹腾瞎折腾，当事者往往是最无能为力的。我对他说："虽然今天的结局是你带来的，但不是你造成的，我跟致远的事跟你无关。"

刘启明问我："你真这么想啊？"

我说："我心里是这么想的，虽然有时候我也会怨恨你，但我并不认为是你的责任。"

出乎我的意料，关于致远，刘启明这样对我说："致远折磨你也是因为爱你，而且爱得比较深，只是采取的方法不太好。怎么说呢？我觉得致远是在自暴自弃吧。"

我说："也许致远真的不爱我了。"

刘启明问我："你没有好好地跟致远谈一谈吗？"

我反问："你希望我跟致远好好地谈一谈吗？"

刘启明想了想,点了点头说:"是!"但又接着告诉我,"既然他自暴自弃,你不妨做出选择。你要告诉他,他再这样下去的话,你真的会选择离开他。"

我摇了摇头说:"离婚不是想不想的问题,是两个人能不能一起走下去的问题。问题在于,我老是觉得跟致远的关系还有回转的希望。我不肯逼他改变是因为一旦我逼他,事情就只会朝着一个方向发展了,而我知道那个方向是我不想去的方向。万事总会就绪,我能做的就是等他回心转意。"

我跟刘启明是两个怪人。他需要我,想要我,好不容易才见到我,却希望我能够跟致远好好地谈谈,建立一种舒适的关系,这非常矛盾。但是,正是因为有真的爱,所以才会有这样的矛盾吧。对自身和他人,还有多少东西是我没发现的呢?我对他说:"你得理解我,虽然我跟你说这些并不好受。"

刘启明回答说:"可卿,我想要你,但是更希望你每一天都快乐。"

我们都以为在某种程度上或者某些地方拥有对方并被对方拥有,但这是一个错误的想法,因为有时候我们连自身都控制不了,连自身都无法拥有。自从致远发现了刘启明的存在,就再也没有跟我干过那种事。实质上,我跟致远的夫妻关系已经崩溃了,至少我已经感到了婚姻生活行将结束的危险。跟刘启明的关系,我不得不朝着尽头那个方向走。

刘启明想抽烟,于是我们离开国际饭店,步行了十五分钟,找到了一家允许抽烟的咖啡店。坐下后,我对他说:"你在我这里浪费时间,报告文学怎么办?"他笑着说材料都收齐了。我问他打算写多少字。他说十万字左右。我问他什么时候交稿。他说一个月以后。我惊讶得张大了嘴。他笑着说:"报告文学跟小说不一样,有材料,对我来说也是轻车熟路。"

我担心过一会儿分手的时候刘启明又要坚持送我回家,想找个理由让他直接回天津,但因为找不到恰当的理由,精神上有点儿紧张。一定是他误会我的样子了,满怀关心地让我"不要纠结跟致远的事了"。在他看来,现在我们三个人都不要在结果上纠结,不要急着做决定。他还说现在最需要的就是时间,尤其是我,特别需要时间来沉淀那些模糊的事物。

我埋怨刘启明:"既然你认为我需要时间来沉淀,为什么还要见我呢?见了面不就把一些事又搅糊涂了吗?"

刘启明回答说:"不要说这么绝情的话,凡事都有两端,从某种意义上来看,我跟你见面也许干扰了你的情绪和生活,但从另一种意义上来看,我跟你见面,也有帮你认清事物原有面貌的作用。在经过了烦恼、反省、再烦恼、再反省的过程后,一些模糊的东西会在时间的流逝中沉淀下来。"

说真的,我理解他话里的意思,但觉得这种看似辩证的诡辩其实毫无意义,事物的原有面貌隐藏在人的视线之外。

我对他说:"随你怎么想好了,也许你这么想只是一种自我安慰罢了。"一口气喝完了杯子里的咖啡,我看了一眼手机,告诉刘启明,"我还是打算在下午五点之前赶回家。"他说他明白,还说已经见了我,心意也向我表白了,尽力了,可以毫无遗憾地回天津了。我觉得松了一口气。他结账的时候我先走出了咖啡店,大街上的人比刚才多。这里有不少办公楼,一定是不少单位已经到了下班的时间了。看着他从咖啡店出来,我忍不住从头到脚地将他端详一番,觉得他还是非常帅。发现我在看他,他脸上的表情顿时丰富起来。

回家的路上,我忽然想起刚才说再见后一次也没有回头看刘启明。平时跟人说再见后,我都会回几次头,摆几次手。意识到归心似箭,我不禁很感慨,并替刘启明感到遗憾。他说他的打扰有助于我认清事情的本来面貌,看来这一点是对的。他至少帮我厘清了一件事,就是我想尽快见到致远。

即使刘启明不远千里来北京看我,我还是不能留在他的身边。换一句话说,我爱的人是致远。

刚刚好五点赶回家,我做了两个菜。五点半不见致远回来,我一个人默默地吃了。但我很快感觉到了心理上的变化。今天我的心情跟以往相比多少有点儿不同,或许是我刚刚见了刘启明,觉得他站在我跟致远之间的那片空白中吧,虽然孤独感依旧强烈,但没有特别孤单的感觉了。有那么一

　　　　　　　　　　　下一个车站

瞬间,我甚至有点儿后悔没有跟刘启明一起吃晚饭。不过跟不跟他一起吃晚饭并没有太大的区别,毕竟我去见了他,这才是最主要的吧。

13

过了一阵子,一天夜里,睡不着觉的时候,那个曾经在我的脑子里一闪而过的念头又蹦了出来。致远经常不回家,连今天这样的休息日也不回家,说明他在外边有地方住。但是他的父母家在东北,所以他不可能住在父母家,那么他就是住在"什么人"的家里了。"什么人"是谁呢?我第一次怀疑他有了外遇。如果他是跟"什么人"住在一起,那么和这个人陷得比我跟刘启明还要深。

念头一旦萌芽,问题马上变得深刻起来了。我的内心充满了猜忌和愤慨。

想象"什么人"的时候,一个"无颜的女人"的身影在我的心中魔幻般地出现了。我的心猛烈地抽搐起来,一些现成的细节开始残忍地折磨着我。想象来自生活,那些折磨我的细节正来自致远跟我的那些约会。致远常常带我去饭店,他会点我喜欢吃的菜,还会用筷子夹菜送到我的口中。吃完饭他通常会带我去公园散步或者去电影院看电影。我们手牵着手,在树的影子里或者黑暗中亲吻。我跟致远的约会跟大多数男女一样普通。

由"什么人"到一个"无颜的女人",再到我,再回到一个"无颜的女人",反反复复的想象中,致远有了外遇这个念头似乎成了一个有基础、有形状的东西,一个真实的东西。

但是我怎么没有早一点儿想到致远也会有外遇呢?

人的想象膨胀起来的话,会爆发出某种不可遏制的冲动。家变成了令我烦躁不安的地方,成了我跟致远之间难以忽视的隔阂的象征。当那些不需想象的真实的细节一遍又一遍地再现后,我终于认为自己受到了致远恶意的冒犯,觉得自尊心受到了极大的伤害。与其说是痛苦,不如说是动摇,我全身的血液都沸腾起来了。我觉得一直苦恼的自己真的是太傻了。我拿出手机,气急败坏地按了那几个熟悉得不能再熟悉的数字。

一个小时后,我失魂落魄地出现在天津的车站。出乎我的意料,秋天傍晚的空气非常凉。我拦了一辆出租车直奔刘启明家。几个月前,他儿子刚刚考上了上海的某所大学,这时候他应该是一个人在家。

我很清楚我是在利用刘启明,也清楚这个时候不该到他家,但我不知道如果不见刘启明的话,我将如何熬过今天。

见到我,刘启明很欢喜,但是在他看见我的神情后,顷刻间就猜出我发生了什么不得了的大事。他让我先坐下来,喝杯茶平复一下心情。我的眼泪一下子涌出来,眼泪汪汪地看着他。说真的,我真希望他能够拥抱我一下。他没有拥抱我,我也没有勇气拥抱他。我要的是寻常的安慰,而拥抱会将安慰转变成其他不寻常的东西。

好在我现在不是一个人了,刘启明跟我在一起。

刘启明说去厨房弄点儿吃的,可是我叫住他,告诉他我已经吃过饭,肚子一点儿也不饿,现在想喝点儿酒,最好是啤酒。他说冰箱里有啤酒。我又建议他做几个下酒的小菜,比如炸花生米,或者酱油豆腐,凉拌黄瓜、西红柿之类的。他大声地笑起来,说他觉得不必担心我了,因为我的精神状态比他想象的好。我问好在哪里。他说一个精神状态坏到了极点的人,想喝酒的时候是不会想到下酒菜的。我耸了一下肩膀,问他:"那么你情愿为我做几个菜了?"他说愿意,但又解释说我来得太突然,除非他现在去购物,不然只能用冰箱里的存货做几个简单的小菜了。我说:"那就凑合一下,有什么就做什么吧。"他温柔地拍了拍我的肩膀,然后去了厨房,我下意识地跟着他去厨房。他以为我想帮他做菜,使劲地往外推我,说:"虽然我很想吃你亲手做的菜,但今天还是免了吧,因为你今天是我的客人啊。"

我去客厅的沙发上坐下来,刘启明在厨房朝我喊了一句:"请随便啊。你想睡觉,或者看书看电视,都可以。不过我还是先给你冲一杯热茶吧。"我说:"给我冲一杯咖啡吧。"

灯是荧光的,屋子给我的感觉像白天一样明亮。过了一会儿,刘启明端着一个托盘出来,上面放了一个杯子。

我喝了一口咖啡,还是端着杯子去了厨房。我对他说:"想跟你说说话。"他让我随便聊,我就问他在这个房子住了几年了。他回答说:"十年了。"我又问他的前妻有没有住过这里,他回答:"没有。"然后开玩笑似的问我:"你不查我的户口,反而查房子的户口,有什么企图吗?"我说:"来了几次,觉得跟这个房子有了一种说不出来的亲近感。"他说:"我明白你的感觉。"我笑着回了一句,说:"我自己都不明白这样的感觉。"他说:"你早晚要辨别一些真情实感。还有,这里随时欢迎你。"我"哦"了一声,没有接话,他的诱惑令我有点儿不知所措。

刘启明真做了几个很简单的菜:黄瓜加西红柿,上面淋一层香油;韭菜炒鸡蛋;煎香肠;豆腐上浇一层酱油和辣油。他指着这几个菜问我:"怎么样?"我说感觉还不错。我让他赶紧拿酒来,于是他从冰箱里拿来两罐啤酒,递了一罐给我。坐下后,他笑着对我说:"好吧,现在你可以跟我说说突然跑来我家的理由了。告诉我,发生了什么事?"

我回答说:"关于这个问题,连我自己也想问问一个小时前的自己。信不信由你,其实什么具体的事情都没有发生,只是我突发奇想,觉得致远可能有外遇了。随着这个念头的出现,各种想象都跟着出来,搞得我很焦躁,在家里根本没法待下去。我来你这里，是因为我知道，此时只有到你这里我才会平静下来。你不要误会，我可没有投桃报李，我并不是为了见你而来，我只是想摆脱心里的焦虑和不安。"

刘启明"哦"了一声，夹了一块西红柿放进嘴里，对我说："就好像你在寻找一件无法企及的东西，而你认定了我是最近的途径。那么你现在的感觉是不是好一点儿了呢？"

我说我舒服一点儿了，跟着犹豫了一下，问他："我冷淡了你这么久，你为什么还对我这么好？"

刘启明回答说："你这么问，是觉得致远正在放弃你吗？不过，关于这个问题，我回答得再肯定，你如果不相信的话，也是没有意义的。我可以问心无愧地、一再重复地说，到你明确跟我说我没有希望为止，我都不会放弃你。"

我得到了一种奇怪的满足，喝了一口酒。因为我什么也没说，他追问我是不是不相信他的话。我摇头，接着又点了点头。我对他说："我还没想过要不要相信你说的话，但是我连我自己都不相信。"

刘启明接过我的话说："你不相信我也没有关系，以后你跟我在一起，就会相信我说的是真的。"他好像真认为我会跟他在一起似的，一边说一边跟我碰了一下啤酒罐。

我又喝了第二罐啤酒。我这个人，喝了酒后话特别多，而且不着调，眼泪也特别多。我滔滔不绝地对刘启明说："关于你，我的心里也挺难过的。你对我的感情，我当然看得清清楚楚，但是在你之前我已经有致远了，他比你先到。因为你吻过我，而我没有拒绝，所以我到现在还会内疚。这并非在说我有多么纯洁，而是说我有多么傻。不过那时候致远真的很纯真，至少在他发现了你的存在之前都很纯真。还有，在发现你的存在之前，他一直对我极好。举一个例子来说吧，如果我说我想吃糖葫芦，无论白天黑夜，他都会跑出去帮我买回来。这个世界上，他是第一个肯这样为我着想的人。但愿我有足够的时间和耐心等他回心转意。"我打了一个嗝儿，接着说，"他变成这样不是没有理由的，他不怎么回家也是渐渐形成的局面。他先是一个月有一次不回家，随后是一周有一次不回家，现在是一周只回一次家了。突然之间，家成了他跟我之间的距离，连过去的感情都好像烟消云散了。有时候我在想，他之所以还会回家来看看，并不是留恋家，而是为了确定那个房子还在不在吧。"

刘启明这时走到我身边，弯下腰，亲了一下我的嘴唇。他坐回椅子后，我用手抹了一下脸上的泪水，又过了一会儿才对他说："我陷在两难中，一方面，我怕对不起致远，所以不给你任何希望；另一方面，我心里常常会想起你，而一想起你心就会纠结，觉得对不起致远。我开始讨厌自己，偶尔会讨厌你，现在对致远心存愤慨，我真的很失败。啊，因为你，我才有了这样的下场。不过我这也不是在责备你。"

刘启明这时候再一次走到我身边，弯下腰，又吻了一下我的嘴唇。我也吻了他一下,这是我第一次主动吻他。他坐回椅子后,我对他说:"你曾经说感情是顺其自然、听从心灵的,不是品格问题,但我就是在致远身上感到内疚和苦恼。苦恼像葫芦瓢,即使按下去,一松手就会再一次浮出水面。"

刘启明说:"你有点儿醉了,不过我真的很喜欢你喝醉酒的样子。你喝醉酒后说的话比没醉酒时说的话还要清醒。你的苦恼我是理解的,让我用一个比喻来形容你现在的情形吧:下雨天有一辆车驰过你身边,将泥巴溅了你一身,所以你冲着那辆车和雨天以及烂泥巴发火。不用我说你也明白,归根结底,我跟致远两个人都爱你,最终放弃哪一个,却是要你自己做决定的。说句不好听的话,你苦恼、内疚的这些时间,同样是你人生的一个部分。爱是盲目的。以我的例子来说,明明知道你有丈夫,我还是想跳过深渊去爱你。不仅你一个人苦恼、内疚,我这里呢,所有的挣扎也都带着疼痛。我对胸口的疼痛一样无能为力。"

刘启明到底是小说家,听他说话像是在听小说。我呆呆地想了一会儿,掏出手帕擦更加汹涌的泪水。

我莫名其妙地冲着刘启明说了一句:"对不起。"他坐到我身边,握着我的双手说:"其实从世俗的角度来看,应该是我没有魅力吧。作为一个男人,在女人那里我还真没输给过任何人,但这一次我认输了。我觉得自己输给了致远。他应该是一个了不起的男人,有时候我甚至想见他一面,跟他做朋友呢。"我把手抽出来,跟他说致远绝对不会见他,也绝对不会跟他做朋友的。他说他跟致远换一下立场的话,应该也不想跟致远做朋友的,有谁喜欢别人在自家的院子里播种子呢。

我问刘启明:"你说致远会不会有外遇?如果他有外遇的话,也许不久就会跟我提出离婚的吧。如果他提出离婚的话,我该怎么办呢?"

刘启明说:"我也不知道,我怎么可能知道呢?不过,我想还是等事情真到了那一步再说吧,你现在想也没有用的,因为你现在的心情飘来飘去的,想法也游移不定。"

我真的是喝多了,头开始痛。刘启明让我去他的床上躺一会儿,还说如果我不介意的话,他愿意帮我按摩头。他说到按摩,我又想起了致远。因为我有头痛的毛病,致远特地买了一本教授怎么按摩的书。每次我头痛,总是致远替我按摩缓解疼痛,次数多了,我都知道按什么部位是马上就有效果的。我坚持在沙发上而不是床上接受刘启明的按摩。照我的指示,他用大拇指按我脖子后边的两个穴位,过了一会儿问我:"好一点儿了没有?"我说:"不管事。"他说:"按太阳穴才管事,让我试一下。"我说:"好。"他开始按摩我的太阳穴,过了一会儿又问我:"好一点儿了没有? "我说:"还是不管事。"他说这是他知道的唯一的一招,想不出其他的办法了。我问他的家里有没有止痛药,他说没有。如果是致远听我这么问,毫无疑问会跑去药房帮我买止痛药。现在刘启明做的任何事情都会让我联想到致远。我的脑子里慢慢出现了雷鸣的声音,跟着"咔嚓"一下就电闪了。

我忽然非常非常想回家。

我看了一眼手机上的时间,刘启明会意地看了我一眼。我对他说:"我在你这里已经待了好几个小时了,天都黑了,得回北京了。"不知为什么,一说到要回北京,我的身体像木板一样地挺起来。我谢了他,在公寓的楼下告别时,他执意要送我去车站,我坚决不肯。最后他对我说:"那好吧,路上要小心。"我慢慢走到街口,相信他已经看不见我了,就开始搜寻出租车。

司机是一个中年大叔,上车后我对他说:"天气真好。"他说:"是啊是啊,但是通常天气不好的时候更容易招客。"

我到家的时候喜出望外,因为致远竟然睡在床上。我吃了一片止痛药,洗了澡,悄悄在他的身边躺下来。虽然他的身体一动也不动,但听着他的呼吸声,我察觉到他根本没有睡着。原来我不在家的时候,他也睡不着觉。这个发现让我多少有点儿兴奋。不过头痛加上止痛药的作用,我的头很快就昏沉起来,没过一会儿就睡着了。

夜里我做了一个模糊不清的梦,但是很压抑。那是某个车站的月台,我跟致远置身拥挤熙攘的人群中。我一直看着手机上的时间,感觉时间在一点儿一点儿地流逝,心里很不安,似乎被一些陌生的人轮流占据着。致远也不安地在我身边来回走动,像浮游的鬼魂。不久,致远一个人上了车,我这才发现他上的是火车。我站在车外,从窗口正好能够看到致远。他的脸上溢出微笑,他穿着我买给他的咖啡色的西装。不知为什么,我意识到这些我已经习惯的东西都将离我而去了,忽然感觉很害怕、很孤单。我开始哭泣,用两只手捂着眼睛。火车启动了,车轮滚动的声音轰隆隆地穿越指缝爬满我的全身,模糊了我的感觉。我松开手指,看见疾驰而过的火车的每一个窗口都是致远的面孔。致远的神情很哀怨。

我放声痛哭,以至从梦中醒过来后还是忍不住啜泣,分不清是梦是真。致远被我的哭声惊醒,本来不想理会我,以为我哭两下就会停下来,但是我哭得没完没了,他知道我是做了噩梦。他唤醒我,问我:"怎么了?"我回答说:"他走了。"他问:"谁走了?"我说:"致远走了。"然后更大声地抽泣着说:"致远走了,去很远的地方了,只剩下我一个人了。"

致远突然深情地叫了我的名字,将我拥在了他的怀里。他用手抹去我脸上的泪水,怀着好久未有的激情吻我的头发和我的眼睛。这时候,我的感觉完全回到了现实,但因为胸口过于滞闷,泪水好似开了闸门,无法停止地倾泻出来。

致远问我到底做了什么梦,为什么会如此伤心。我将脸紧贴在他的肩膀上,把梦中的情景跟他复述了一遍,告诉他我的恐惧、孤独和伤心。他好几秒没说话,开口后向我道歉

下一个车站

说："都是我害你做这样的梦,我不会走的,都是我不好。"他用嘴唇吸吮我脸上的泪水。就在这个瞬间,好多东西又回到了我跟致远之间:温馨、爱抚与亲吻。是的,过去的种种都回归了,我的周围只有他的抚摸、他的亲吻和他的温暖。终究一切都还没有改变, 又回到了从前的样子。我全身都绵软了,决意要战胜自己,战胜那些在脑子里转来转去的东西,决意不再转过身体看其他的人。

我以为致远就此回到我的身边了, 但是我马上就知道我的以为是错的。

14

那天我离开后,刘启明突然开始发高烧,他儿子小威不得不从上海赶回天津看护他。第三天,他的烧退了一点儿,但总是一副恍恍惚惚的样子。小威自然想到了,让父亲变成这样的人是我。

小威知道,刘启明离异后活得并不寂寞,经常受邀去外地参加一些采风活动或者笔会,家里也时常有来喝茶聊天的朋友。他在电视剧和现实中看过不少类似的三角关系,那些故事都很麻烦,因为会涉及很多问题。刘启明就是最好的例子。小威曾经非常讨厌出现在刘启明生活中的那个女孩,如果不是因为她,刘启明也许不会离婚,他也不会只能在周末见到妈妈。现在他觉得自己长大了,也有了爱的能力,所以对那个女孩的厌恶慢慢地消失了。温馨和谐的单亲生活使他跟刘启明心心相印,刘启明成了他最好的朋友。一句话,他非常想帮助刘启明。

小威说:"我抽空也去看望了妈妈,妈妈现在跟新男友结了婚,过得兴高采烈。"

刘启明说:"很高兴你告诉我这个消息,我觉得很安慰。"

小威说:"你也不用不好意思回答我的问题,你这次生病,还有你整天魂不守舍的,都是因为那个叫可卿的女人吧?"

刘启明说:"是。"

小威说:"毫无疑问我是很想帮助你的,但又想不出什么更好的办法。只要是我能做到的事,我都愿意试一试"

刘启明说:"有你的理解就足够了。"

小威说:"为了一个女孩,你跟妈妈离婚,也许你想不到妈妈离开家的那天我有多么害怕和难受。那时候我体会不到离婚的意义是什么,说心里话,我现在也一样体会不到离婚的意义是什么,但有一点不变,就是我一直都希望你幸福。现在,你爱上了一个女人,而这个女人又有丈夫。我不知道为什么你不嫌麻烦,你要的爱总是需要跨过千山万水。我也不理解为什么你本人总能保持一股不屈不挠的精神。"小威以为自己的话触到了刘启明的痛处，不禁补充了一句，"对不起。"

想不到刘启明笑了起来，说："也许这就是我的命。我常常觉得人生跟公共汽车似的，一圈又一圈地转，来来回回地转。连可卿跟我的关系也像公共汽车，也是一圈又一圈地转，来来回回地转。真的很滑稽。"

小威沉默了一会儿，问刘启明："可卿到底爱不爱你呢？为什么一边跟你来往，另一边又根本不做离婚的打算呢？"

刘启明说："这一点恐怕连她自己都搞不清楚。她也很纠结，在我跟她丈夫之间一进一退的。我能感觉到，每次她到我身边，很快又会被什么毫不留情的东西拖到那一边。也许我们每个人都是坐在公共汽车上的。"

小威说："你也应该试着放弃一次，这样毫无希望地等下去，除了给自己增加更多的痛苦，毫无意义。即使是公共汽车也有终点站啊。可卿又没有孩子，只需要在两个男人之间做出选择而已。再明显不过的是，她选择的是她身边的那个男人，你也没有必要把人生交待在她那里吧。"

刘启明说："可卿是否离婚并不重要，重要的是她跟我心心相印。她很真诚，即使最终不能结婚，但爱情就是一件令人觉得既痛苦又幸运的事。被爱情苦恼是我犯的老毛病了。"

小威觉得刘启明写小说写得中了毒，已经分辨不清现实跟幻象的区别,已经无可救药了。他已经懒得跟刘启明争论了。他开门见山地问刘启明:"爸爸,你为什么非得要死要活地爱某一个女人?先是那个弃你而去的女孩,接着是可卿。你真的相信爱情吗?我以为'爱情'这两个字不再是你这个年龄的人的追求了。是小说让你得了幻想症,所以你才会陷在泥泞中不能自拔。"

刘启明想了想,回答说:"也许我只是需要爱与被爱,跟大多数人一样需要爱情。"

小威又问刘启明:"你的爱情生活有那么多的漏洞,可是为什么你还是能够一个接一个地去爱呢?"

刘启明不自在地耸了耸肩,回答说:"每个人的回答可能都不一样,对我来说,即使是过去的爱也仍然具有很大的意义。作为一个人,我觉得有爱才会不断地成长。我这一辈子,有两样东西是无法逃离的,一是爱情,一是文学。"

小威摇了摇头说:"我不是很能理解你的意思,倒是感到了爱情的虚伪和喧嚣,感到了你的固执和幼稚。我仅仅是看着你就觉得很艰辛、很累了。我希望一辈子只跟一个女孩结婚。"

刘启明看着天花板,问小威:"你在大学里上课,遇到不喜欢的课会怎么样?"

小威说:"会走神。"

刘启明说:"形容起来,爱情跟走神是一样的道理。面对生活,有时会产生新的憧憬。比如你还年轻,遇到一群热闹的女孩时,也许会看看人堆里有没有自己喜欢的那个女孩吧。"

小威说:"你的问题跟你刚刚说的是两码事。我的情形跟你的情形也是两码事。我们的前提不一样。不过算了吧,我知道无法说服你,也无法改变你。"小威用在学校学到的方式把刘启明的爱情归档了。

但刘启明觉得自己说的所谓爱的理论是有哲学根据的。比如那次在大海里游泳,因为大风的原因,他差一点儿没能上岸,但如果换一个时间的话,也许那风就会成为助力助他尽早上岸呢。

最终,小威觉得真正能让刘启明康复起来的是我。他想替刘启明给我打一个电话,邀请我到天津看望一下刘启明。但刘启明说我刚刚从天津回北京,马上再来天津的可能性不大。再说只是发个烧而已,似乎也没有兴师动众的必要。

晚上,小威怀着无奈的心情回上海了。刘启明一个人在家,觉得有什么地方跟平时不一样,仔细想了想,终于意识到是墙壁上的时钟停摆了。他找来新电池换上,那种熟悉的嘀嗒声又开始让他感受到时间的流逝。发烧的时间也就两天,但是他却感觉跟一年一样长。虽然当着小威的面把话说得非常好听,但其实他自己也不清楚那些话是不是为了支撑内心正在软弱下来的东西。他常常会想起记忆中的大海和河流,但又觉得那大海和河流已经是他身后的一个声音,渐渐地离他而去了。

刘启明躺在床上,将双臂压在胫骨下。一直以来,他就是用这种姿势想象小说的情节以及人物的。离婚已经十年了,时间过得实在是太快了。第一次遇上那个女孩,之后又遇上了我,他不再是他自己。虽然自由和放纵使他的感觉变得充盈,但现实的人生,或者说现有的天地,局促而又逼仄。

最令刘启明觉得难以忍受的是,他开始觉得自己不年轻了,而这种感觉令他很不舒服。白天小威问他各种各样的问题,好几次他都差点儿崩溃。他感觉得出来,小威在某种意义上把他看成了一个傻瓜,但傻事也是生活的一个部分,至少对他来说是生活的一个部分,也许他每天都在做一些傻事。比如他偷偷地去我跟致远居住的公寓附近,远远地张望,抱着万分之一的希望,渴望看到我从那个门洞里走出来。小威说他写小说中了毒,但是对他来说,写作的初衷是因为他听腻了人的声音。到了最近,他又开始对一些虚构的故事产生反感。他觉得最牛的文字是用爱写就的。他习惯每天早上起床后写作。他差不多在五点起床,刷牙,喝一杯咖啡,然后打开那台使用了好几年的电脑。他通常会写几个小时,写到脑子不管用了为止。用他自己的话来形容,就是写到脑子像灌了水泥,搅和不动了为止。顺利的时候,他每天能够写三四千字,不顺利的时候也就写五百字左右。生活中没有什么事情能够影响到他的写作。但这段时间,他清楚地意识到,他的生活习惯出现了问题。早上他试着写出像样的文字,但是根本做不到,更糟糕的是他根本没心思写作。表面上看起来生活与以往一样,但他内心深处却不再是以往的样子。关于他跟我的关系,因为不知道下一步该怎么做,或者说该做什么,他有一种备受煎熬的感觉。

刘启明觉得再也忍受不下去了,他从床上下来,走到写字台旁,打开台灯,摊开信纸。他已经好多年没有给什么人写过信了。

15

自从我做了那个梦,致远回家的次数多了起来,回来的日子都跟我睡在同一张床上。因为这个原因,我一直没有跟刘启明联系,所以也不知道他生过病。然而,人的情感跟小说里写的一样复杂,令我惊讶的是,虽然我不想联系他,但他好几天没有联系我的事,竟让我的心里生出一股强烈的失落感。我想,要么就是我的虚荣心在作怪,要么就是还有点儿其他说不清的什么,比如一些人和一些事,并非像一些东西似的可以随时处理掉。

一天,我发现信箱里竟然躺着一个信封。自从开始用短信聊天,书信已经成为生活中极其罕见的东西,所以我拿起信封的时候甚至有点儿惊讶。我一眼就认出信封上的字是刘启明的。跟到了 G 县后突然看见他的那个瞬间一样，我的心脏一阵猛烈地跳动，心中有一种熟悉的情感被唤醒了。

我急切地用剪刀剪开信封。

可卿：

　　本来是有点儿生你的气了。你突然来我家又匆匆地离开后，我以为你会给我打电话，或者至少给我发几个短信，但一天天过去了，我连一个字都没有收到。

　　记得那次在河边散步，我给你讲了一个故事，说一个男人想入空门，在寻找一座寺庙为归宿的路上，从天上飞来了一段带着海的气息的情感经历。一个美丽可爱的女孩，用一个眼神就改变了男人的心思和命运。男人执着地、强烈地、无理性地爱上了女孩，但同时也备受爱与无望的折磨。因为种种原因，男人很难跟女孩见上一面，但又总是千方百计地去见女孩。每次相会后，留给男人的是寂寞惆怅以及对下一次相见的饥渴般的期待。男人觉得，女孩其实也是爱他的，因为女孩说过喜欢他那两条性感的腿。往往爱情就是从喜欢对方的某一点开始的。但男人跟女孩的爱注定了充满艰难坎坷，因为男人爱的不是时候。男人理解女孩承受的压力以及女孩的优柔寡断，也不愿意女孩因他而受委屈。男人一进一退一忧一喜,虽然煎熬但还是会感觉到希望。男人日日夜夜仍在思念着女孩。

可卿,这个故事你十分熟悉,对于故事的意义,我已经不想再说什么了。

你离开后的当天晚上我就生病了,不知道这一次高烧是不是为你而烧的。生病的第一天我就想给你写信了,一是小威回来照顾我,二是心情太凄凉,所以没有写。

关于生病,以前从来没觉得是什么不得了的事,反正就是吃药,难受几天,仅此而已。但这次生病,我觉得有病毒侵入心里,因为我总是感到一阵阵的孤独和忧伤。

可卿,我发现了,像我这种自以为是的人,只有在生病的时候才会承认自己是软弱的。从另一个方面来说,生病的这几天,我的心里也有过某种升华。我告诉自己要坚强起来。就像现在,我给你写信,觉得将心里的软弱、孤独和忧伤全部洗刷出去了。

那么可卿你一切都好吗?一段时间没有联系而已,我却感觉几个世纪没有联系似的。我的希望是,如果你可以找到一点儿闲暇,请给我一个电话或者短信,以免我对你惦念。

谨此匆匆。

撰安！

刘启明

看完信后，我把信按原样折叠起来放回信封，搞不清内心的感觉是烦恼还是兴奋。说真的，信写得并不是很精彩，刘启明只是把他对我的感情套在一个虚构的故事里，但有一点可以肯定，就是里面的细节很奏效。马上有一种很强烈的感情困扰了我，或者说我的感情混乱起来，把爱情和同情混在一起了。我感到对不起他，同时还担忧他。我的脑子里浮现的都是他生病时的样子。

刚刚被我关上的大门砰的一声开启了。这是一种完全不同的感觉，具有奇异的颠覆性。我们的自尊心和自爱心以及理性就是这样欺骗我们的，怎么说呢？看完信，我任凭那股苦乐参半的情绪充满了内心，刚刚的决心和矜持土崩瓦解。

我不知道自己为什么要这么做，意识清醒的时候，我已经快到北京火车站了。

很快就要进入深冬，天气越来越寒冷了。早上开始下大雪，道路被雪覆盖，街道的风景一半是白色的。坐上火车后，我给单位领导打了一个电话，说雪太大，没有办法骑自行车，估计要晚几个小时才能去单位。领导说他刚刚看过天气预报，大雪会下整整一天，而我骑自行车太危险，干脆不用

　　　　　　　　　　　　下一个车站

到单位了,有什么急事他会通过电话联系我。无论是在这之前,还是这之后,我都不敢相信会有这么好的运气。我甚至有了一种幸灾乐祸的快感。也许今后我会把白色当成我的幸运色。

到了天津站,我打算步行去刘启明家,因为我想给自己多一点儿时间平静一下心情,并思考一下眼前的事。我想好了,见到他,只跟他聊聊他的那封信、他的报告文学,或者只聊聊今天的这场新鲜的大雪。

精疲力竭地站在刘启明的家门口,抬起手按门铃的时候,我觉得自己已经像一个有着平常心的女人了。随后他出现在门口,看到我,立刻显出惊喜的样子。

刘启明家里的餐桌上放着一杯喝了一半的茶,我能想象一分钟前他正坐在那里。

我用自己也讨厌的口气,小声地问刘启明:"身体恢复得怎么样了?"问完后脑子里即刻闪过了一个念头:我这样冒着大雪赶来看望他,这样担心他的病,会令他觉得我十分地爱他。接着我的脑子里出现了一个声音,是骂我自己的:傻瓜,你又冲动了,又在自找麻烦了,又想弄糟刚刚恢复的生活。

意识到这次行动的愚蠢,我开始觉得沮丧。我本来想要的是,跟刘启明我们两个人,经历一个不得不的相互忘却的痛苦过程。感情真是个怪东西,有时候我们确实能够在本来指定的车站下车,但一不小心也会坐过了头,不得不到下一个车站了。

　　按照刘启明的指示,我坐到饭桌那里。他问我喝什么,我说:"热水。"他从厨房端了一杯热水给我,说他无法向我表达他的感动。我喝了一口水,以嘲弄的口气说他没有必要感动,因为我来看他只是为了让我的心里好受点儿,因为我宁愿生病的人是我而不是什么人因为我而生病。他说:"我们在一起的时间有限,不要把时间浪费在斗嘴上了。"我想他说得对。他让我不要介意他生病的事,虽然他是在我离开天津后生的病,但归根结底,病因在他自己。

　　刘启明对我说:"对不起,我并不希望你在下这么大雪的天气来看我。你现在精疲力竭的样子让我内疚。"

　　我说:"但是你给我写了那样的一封信。"

　　刘启明尴尬地说:"可卿,我很抱歉。"

　　我还是掏出手机,用自拍软件对着脸看了一下,虽然看得出一丝倦意,但没有刘启明说的那么严重。我告诉他我看到杂志发表了他写的那篇报告文学,虽然还没有读,但总算是松了一口气。他说文章里的长篇大论未见得有什么意义,尤其是凭借资料写的,很多内容连他自己也不记得了。然后他笑着问我:"你说你松了一口气,是因为你还记得我突然跑去见你的事吧?"我说:"当然。"他又说:"我们两个人都有点儿过度紧张或者过于神经质了,不然不会相互跑来跑去的,今后也许应该冷静一点儿。"

刘启明在我对面的椅子上坐下来,我看着他,再一次疑惑让我冲动跑来见他的东西到底是什么。不可思议的是,我特地跑来看他,但心里却没有任何特别的感觉。我明白了,我只是觉得我应该来探望他,于是就来了,仅此而已。现在我觉得心安理得了。这种情形说起来有点儿像探望朋友或者同事。不过,最令我觉得不可思议的是,我在心里按捺不住地想起了致远。致远才是端坐在我心里的那个人,时时刻刻会自动跳出来,在我的脑子里和心里晃动。事实上,我的脑子里一直在想他是否安全地到了单位,会不会被大雪困在了什么地方。我很惊讶自己的多变和多虑。这时候我很想给致远打一个电话,又觉得当着刘启明的面打不太合适。我还意识到,即使我跟刘启明在一起,似乎也不单纯地只是想着他的事了。

刘启明让我不要用牙齿咬水杯,万一水杯被咬坏了,会割破嘴唇。我笑了一下,说我是下意识的,自己完全没有感觉。他问我:"突然不说话是在想什么?"我说:"我在思考一些事情。比如,从某种意义上来说,你跟我都知道两个人的关系不可能有结果,却还在找各种借口纠缠下去。人真的是很软弱,至少我就意志薄弱。"

刘启明不假思索地说:"这就是人性啊。推动我们行为的东西很多,但人性的束缚还是最大的。"也许看我一脸严肃的样子，想逗我开心，他继续说，"可卿，如果过了下一个新年你还是不肯答应嫁给我，我就娶别的女孩了。"他说他是在跟我开玩笑，而我觉得他的话是半真半假的。

我说："这样也好，有个期限。到时候我们微笑着说一声再见好了。"

刘启明使劲地笑。我问他："笑什么？"他说笑我小心眼儿，还说我们之间没有正当的理由要就此收场。看见我思索，他引用了格林的一句话："人们看不见天主，但是一辈子都爱他。"

我说："格林自己也说，这里说的爱不同于男女之间的爱。可惜现实不能跟你写的小说似的，让人物待在某个地方别动，等你觉得到了该动的时候才叫人物动。"

刘启明还想继续说下去，但翻来覆去说的都是同样的事，我开始觉得无聊。我看了看手机，本来打算在他家里待两个小时的，但因为大雪铺地，待一个小时似乎更加靠谱。我站起来，表示我要离开了，他没有挽留我。在门口，我弓着身子系鞋带的时候，他蹲下来，亲自帮我系好了鞋带。我谢了他，他说："是我谢谢你才对。今天是一个非常愉快的日子。"

刘启明坚持送我去车站，最终我还是让步了。路上，我的鞋子打滑时，他会紧紧地搀扶住我的胳膊，仿佛给我一个安全的许诺。我的心情很复杂，一直都在想，即使是为了他，我也必须离开他。而为了离开他，我必须把他的心伤个稀巴烂。

16

大雪的原因，虽然我一路紧赶，到家的时候天还是黑下来了。致远比我先回的家，不过他什么也没有问。以后的日子过得平平常常，快到春节的时候，我才惊觉时间过得好快，去年朋友之间相互拜年的事仿佛就在昨天。

关于春节期间的安排，我跟致远做了一些具体的打算。节前的一个星期，我们开始购物，买的东西基本是给双方父母以及兄弟姐妹们的礼物。

农历腊月三十那天，我跟致远到了他父母家。想不到他离开家已经有好多年了，身上竟然还带着房子的钥匙。除了父母，他还有一个弟弟和一个妹妹。我们进家的时候，只有他妈妈一个人起床了。我跟他妈妈总是亲近不起来，说到原因也许是我的心理障碍。记得第一次到他家，他妈妈跟我闲聊，说到我的身体怕冷，从秋季就不得不穿衬裤的话题时，他妈妈用手去掀我的裤脚。我一向对腿和脚极其敏感，下意识地推开了他妈妈的手。他妈妈的反应很强烈，盯着我的脸看了好几秒，却什么都没有问。我想他妈妈一定是觉得我讨厌她吧。不过他妈妈还是很高兴看见我跟着致远回家。他爸爸和他的弟弟、妹妹起床后看见了我们，也都非常高兴。

天黑后，我跟致远的妈妈一起包饺子，晚上七点开始一边看电视节目一边跟他的家人吃饭、喝酒。据他妈妈说，年三十晚上睡得越晚越好，一夜不睡的话，新的一年里天天都会精神抖擞。因为这个原因，我陪致远的弟弟妹妹打扑克牌一直打到第二天早上五点。大约眯了两个小时，我被他妈妈叫起来吃饭。七点钟，住在隔壁的致远姑姑一家过来拜年，连我也收到了一份压岁钱。八点钟，致远爸妈带着我、致远以及弟弟妹妹去致远姑姑家拜年，他爸爸也分了几个装着压岁钱的信封。他妹妹一语道破："压岁钱转来转去的，最终没人吃亏也没人得到便宜。"我觉得他妹妹说的话偏离了压岁钱的本意，但还是被说笑了。

致远的老家是辽宁省的一个县。他家的房子四面环山，山就在眼前，所以出门的时候能看到的风景就是头顶的一小方天空。小区里的住家全都放鞭炮，而且是一起放，所以年三十那天夜里，一小方天空被鞭炮的火光染成了红色。我经常用一小方天空跟致远开玩笑，说他住在这样的山沟沟里，从出生到上大学，大概只见过头上的一小方天空。我的玩笑没有戏弄他的意思，只是我脑子里的一个印象而已，但每次他听了都会跟我辩解，说他小时候经常跟朋友们去爬山，到了山上就可以看到更加广袤的天空。我没有爬过山，他说的天空也许超出我的想象。

这样，从初一到初四，每天就是看电视、打麻将、喝酒、吃饭，时间是在热热闹闹中过去的。初五，我带着致远去了大连，跟我的爸爸妈妈见面。我家里没有人会打麻将，所以大半时间就是去哥哥和姐姐家串门。有两次我跟致远去老虎滩看海。致远在山沟沟里长大，在北京工作，对海始终抱有一种异样的新鲜感。但是，现在看海对我来说却是一种折磨，面对大海，我的脑子里都是关于刘启明的记忆。冬天的海岸，空气里好似带着小刀，待不了几分钟脸就会被割得生疼。即使这时候，我也会联想到威海以及南湾公园，接着被一种强烈的感情困扰。我挽着致远的胳膊坐电车回妈妈家的时候，心里觉得很不是滋味，恨不得看的不是大海，而是一些其他的什么东西。不过在大连，没有比海更好看的东西了。但那种强烈的感情困扰绝对不是内疚，我当时真的没有内疚，内疚是过了一阵缓缓渗透出来的，好像衣服上的一块污渍。

　　与我这边正相反，刘启明让放寒假的小威去陪母亲，家里只有他一个人。平日里有一些朋友来访，有事可做，即使是一个人，也不太在意时间的存在，但临近春节，好多朋友都回老家了，他不想写作，突然觉得孤独，连房子都有一种空空荡荡的感觉。初一早上接连不断的贺年电话，更是他不得不忍受的痛苦，因为没有一个电话是他期待的。他傻乎乎地等了三天，心里充满了失望。初四下午，他裹了一件羽绒大衣,漫无目的地走上了街头。街上的人比他想象中多。他去了一家咖啡店,是他以前跟我喝过咖啡的地方。店里只有一个男人,他想这男人应该跟他一样孤单。男人看他的时候,他忽然觉得有点儿狼狈。急急地喝完了咖啡,他默默无语地出了咖啡店,但心思纷乱。他不敢马上回家,怕钻到某一个想法里出不来。他害怕那个想法。

终于,初十那天,刘启明带着某种冲动出了门,回过神的时候,人已经在北京的火车站了。

接下来的情景就像刘启明小说里的一个细节。突然,在车站熙熙攘攘的人群里,他看见我正挽着一个男人的胳膊。不用猜他都知道那个男人是致远。他有了一种惊慌失措的感觉,还混杂着嫉妒,五脏六腑被搅在了一起。想躲开我很容易,但是他却有了一种追上我的冲动,于是身不由己地向我所在的位置靠近。他到底想做什么,连他自己也不清楚。他想呼唤我的名字,又觉得喉咙被什么东西卡住了,发不出声音来。他巴不得我能够注意到他,但是我显然没有意识到他的存在。后来他想,如果我真的看见了他,肯定会大吃一惊,而致远看过他的照片,肯定会认出他就是刘启明。啊,那将是一个多么尴尬的局面啊。大约在两分钟后,我跟致远的身影从他的视野里消失,他泄了气似的站在原地。那一刻,他来北京的理由烟消云散,在苦笑了一下之后,连北京的火车站都没出就坐上了回天津的火车。

在火车上，刘启明满脑子都是我挽着致远有说有笑的样子。他想，如果这样的细节是出现在他的小说里就好了，那他就可以将它一笔删掉了。回到家，他直接开了一瓶酒，一杯接着一杯地喝起来。他问自己："可卿春节过得好吗？"回答是："好。"他又问自己："你自己春节过得好吗？"回答是："不好，孤独得发慌。"晚上，为了找一件事转移注意力，他开始写小说，想通过写作将印在脑子里的我挽着致远胳膊的情景转移出去。但很明显，他的文字里有着不可遏制的愤恨和嫉妒。他以前总是站在局外人的立场上来写作，而今天这个被写的人正是他自己。这是一种很糟糕的写作状态。他把今天写的文字全部删掉了。跟头痛吃药一样，虽然药劲会过去，但药能短暂地止痛，他的心情短暂地好了起来。

刘启明一直没有把在车站看见我跟致远的事说给我听，他觉得那个场景下的他很狼狈。

17

我们单位在石家庄市搞了一个大型活动，作为主办方，我得去做一些准备以及接待性的工作。刘启明不知道从哪里得到消息，来电话问我："你是否参加？"我回答："参加。"他说石家庄离天津特别近，不妨在会议结束后到他家里去一趟。他对我说："可卿，我们好久没见了。"因为我半天没回话,他又问我,"是什么让你犹豫呢?不过是在中途下一次车而已嘛。"我答应他考虑一下,如果北京那边没有急事,也许会去看望他一下。这是我再次犯的一个错误,一个不可挽回的错误。从某种意义上说,柔情维系着我跟他的特殊关系。我无法推开一个喜欢我又不强求我的男人,在天性面前,理性是自欺欺人的。

我去石家庄开会的时候,致远也出了一次差,因为天数少,比我早两天回的北京。我回北京的那天是星期日,到家后倒头就睡着了。

也许我的样子太疲劳了,致远收拾了一堆衣服拿到洗衣机那里。平时他不怎么收拾家,但在洗衣服的时候有一个习惯,就是凡是有口袋的衣物,都要把口袋翻一遍。那天他也没有例外,结果还真证实了这种小心是非常正确的,因为在我的裤子口袋里,真的翻出了一大堆东西,有用过的火车票,还有口香糖以及一些收据什么的。洗衣机转动后,或许是没有其他的事情可做,他开始收拾我口袋里的那些东西。顷刻间,他的眼睛就停留在火车票上了。

火车票上清清楚楚地印着"天津"两个字。致远的脑子里闪过一个念头:可卿不是从石家庄回北京的,可卿是从天津回北京的。这个念头一出现,他的心中便涌出一股对我冷冷的愤怒。摆在眼前的火车票就是一个确凿的证据,他觉得这是一件很严重的事,再也不可能信赖我了。

　　　　　　　　　　　　　　　　下一个车站

我醒过来的时候是正午。致远不仅洗了衣服，还特地做了两个三明治。吃三明治的时候，我感觉他不时地朝我看一眼，似乎想在我的脸上找到什么。我当然想到了去天津的事，但表面上尽力表现得平静。也许在他长期不回家的那个阶段里，我不自觉地学会了用隐藏来保护自己。

我不打算在这里追忆去天津看望刘启明的事，因为没什么好说的。到目前为止，每次他见到我，说的都是同样的话。不过有一件事，就是我跟他一起去咖啡店的时候，他向我说起春节时他一个人来过的事，还说起那个令他觉得狼狈的、跟他一样孤单的男人。我喜欢他当时的样子，他的脸看起来与平时有些不同。

终于，致远开口问我："这次会议结束后你有没有去哪里玩过？"我说："没有。"他默默地将火车票递给我。我一下子明白了他的神情为什么一直不对劲，心想这一次真完了。这一次不是蛛丝马迹，而是铁证如山，我真的有口难辩。我接过火车票，装作不在意似的把它放到衣服口袋里。他问我："为什么不解释？"我问："解释什么？"他对我说："你说是去石家庄开会，但你的火车票是从天津回北京的。你为什么去天津？既然偷偷去了，为什么不用心藏好火车票呢？"他从来没有用这样激烈的口气跟我说过话，旧日的愤慨一下子回来了。在五分钟的沉默之后，我承认自己中途在天津下了车，并且去看望了刘启明。我局促不安地解释说："这一次去看刘启明，纯粹是受了他的邀请，见了面也只是喝了一杯咖啡，甚至连他的家也没有去。"

我后悔自己的大意，我应该藏好火车票的，不，应该扔掉火车票。谁想到致远竟然心血来潮地洗起了衣服。是事故，是偶然与巧合。有时候生活跟小说差不了多少。我已经说了实话，剩下的唯有真诚的道歉了。致远对我说："你是在把我当傻瓜吧。这样的解释根本不能说服我。你对那个男人还是依依不舍的。"

我回答说："对不起，我去看他确实不合适，但我向你保证我跟他的关系不是你想的那样。我没想过要跟他怎么样，以后也不会发生什么。不过现在我觉得很歉疚，希望你可以谅解我。"

致远说："别开玩笑了，原来你一直都在跟我兜圈子啊。我怀疑你经常去天津，是啊，天津离北京这么近，你去那儿很方便的。你还要我谅解你，不知道你是怎么想的。老婆跑到外边与其他的男人厮混，你却要我理解这种事。"

这就是致远。在他那里，所有的复杂性和矛盾性都被简化成单一的道德评判。他跟我的关系迅速变得不可收拾了。我挣扎着对他说："你知道自己在说什么吗？你怎么可以这样说话？你为什么就不能放下天津？除了天津，你对我周围的其他人和事都视而不见。"

致远说："你不断地进入我们之间的那块禁区。我不能停止想象你跟他在一起时都干了些什么。"

我说:"我已经说了,我只是去见见他,只是在一起喝了一杯咖啡而已。"为了让致远理解我的心境,我告诉他,"你不要老是钻在过去的那个想法里不出来。有一点十分清楚,我在很努力地巩固我们的婚姻。你怎么不明白,我从来都没有想过要离开你呀?我一直期待你能了解我的真心,期待你能包容我的人生中有各种各样的朋友。再说一遍,我在天津那里根本没有什么爱情。没有爱情的地方不该成为我们之间的禁区。天津是我们关系中的一个陷阱。你醒一醒好吧。"

致远沙哑着声音说:"应该醒一醒的人是你。你对天津,对那个男人依依不舍,依依不舍是一种迷恋,迷恋的延长是爱情。"

我摇着头说:"你不要说得这么肯定好不好?"

致远回答说:"但是你数次去见他,我怎么可能相信你说你不爱他的话是真的。"

说不清是失望还是兴奋,我问致远:"你真的想听我的解释吗?"

致远对我说:"你解释给我听啊。"

我说:"我去天津单纯只是去见见他,根本不能说是约会。自从知道你很在意他的存在,我就下决心跟他不再往来,但是他真的很爱我,他真的很痛苦,而且他从来没有强求我做什么。你也会动感情的吧?比如被某个人或者某件事感动？总之，对他的感情，我很难做到置之不理，但我又十分相信自己在行为上能够界限分明。"我闭上眼睛，叹了一口气说，"对不起，所有的事都怪我，是我太软弱了。我明明知道他的存在是你眼睛里的一粒沙子。"

致远很生气地说："事到如今你还在偏袒他。明知道你是有夫之妇，他却还要明目张胆地追求你。而你呢，如果对他没有爱情的话，就不会有如此强烈的责任感。我就是不相信，一个女人在爱自己丈夫的同时，心里还会惦记着另外一个男人。"

我说："你说我惦记他，其实我只是不想伤害一个喜欢我的人。我就不相信，除了我，没有另外的女人喜欢你，或者说喜欢过你。你在我心中的位置，并不是随随便便哪个人就能取代的，但我的心总该有一丝余地专门腾给那些喜欢我的或者亲近我的人。"

致远回答说："也许你的话有一定的道理，但是我现在的感觉除了厌恶还是厌恶。我无法忍受你跟我结婚没多久就开始惦记另外一个男人。你想过我的苦恼吗？想象正在发生的事，觉得自己将要失去一些很重要的东西，我的处境才是最糟糕的。我会想象他吻你，跟你上床做我们之间做过的那些事。我放弃过你，想把你交给他，但是你梦中的呓语让我谅解了你。现在我觉得那些呓语就像你演的戏里的台词。"

下一个车站

我悲哀地看着致远，对他说："随便你怎么想，也随便你怎么说，反正事情不是你想象的样子，也不是你说的样子。我能解释的都跟你解释了。我知道你很生气，因为你觉得受了伤，而我也觉得对不起你，但是我觉得已经尽力了。我希望你能听进我的解释，能够拿得起也放得下。"

　　致远说："如果你是这么认为的话，我们之间应该没有什么好谈的了。耗尽所有的爱情，也许并不需要太长的时间，我们顺其自然吧。"

　　我说："好吧，不谈就不谈吧，顺其自然吧。"

　　说出实情后，我觉得舒服多了，隐瞒毕竟是一件很吃力的事。我以为致远又会夜不归宿，但是他没有这么做。他天天回家，只是跟我没有什么交流。他现在的沉默跟过去的沉默不同，是冷冰冰的。晚上或者休息日的饭菜，说不准是他做还是我做，做的一方会问另一方："喂，要吃饭吗？"听起来冷漠得好似岁月崩溃的声音。有时两个人会各自跟自己的朋友在外边的饭店吃饭。晚上我们也还是睡在同一张床上，但中间有一堵无形的墙，井水不犯河水的感觉。可悲的是，床头摆着的几张婚礼照似乎还在见证着我们的婚姻。一张是两个人在婚礼上切蛋糕的照片，一张是新婚旅行中他用双手托着我的照片。照片中的他有着明亮的额头和雪白的牙齿，而我也有着公主般灿烂的笑容。这些记忆中的亲密时光已经消逝了，夫妻生活离我们很远很远，远到只剩下形式,而我们必须为新的生活方式付出努力,尽可能地像往常一样生活,但是我们不再思考明天。我经常有一种怪怪的感觉,好像我自己和我的人生分离开了,人生宛如滚落在脚边的一个足球。

在这些日子里,我的情绪意料之外的平静。因为断定了致远轻易不肯回心转意,悲哀的感觉转化为一种无可奈何的情绪,内疚不存在了,自责也不存在了。两个人都不提过去,也不想将来,各自活在各自的当下。也许致远也需要时间放松一下神经和心境吧。偶尔我会踢一下滚落在脚边的那个足球,伤痛隐隐地再现,形容起来还是好像衣服上的一块污渍。

18

接下来发生的事,我在一开始就交代了。一天早上,当我因抚摸而醒过来的时候,发现是致远在抚摸我的头发,我很意外。不久他去书房,好久都没有出来,而我误以为他是把工作带到家里了,去书房给他送咖啡的时候,无意中看见了他正在写离婚协议书。

没过多久,我发现内心深处对刘启明的感情也发生了变化。这个变化比任何事情都更深刻地影响了我。

我跟致远的婚姻生活由和睦相处变质到冷漠无情,归根结底是我没有把持住自身的感情，但毕竟跟刘启明闯入我的生活有关系。说实话，致远提出离婚并没有引发我跟刘启明结婚的愿望，相反，我开始怨恨刘启明，觉得他给我惹的祸实在太大了，甚至他对我执着的爱也无法安抚我的沮丧和失意。回忆跟刘启明相关的那些事，我忽然觉得难为情。糟糕的是，那些记忆像骨折般令我疼痛，刘启明成了折磨我的一个对象，跟他的过去令我觉得沮丧。我一直没有告诉他致远提出离婚的事，心里想，不告诉他就证明了我根本不想给他机会。

"被致远抛弃"的现实令我非常痛苦。很多个无法入眠的深夜，我心里纠结的，都是以往那些鲜明的记忆。如果那时候我能够理性地对待刘启明的感情，或者找到更加合适的方式来替代冲动的行为，也许不会有现在的结局。平时我常常听人说什么"离别方知怀念，失去方懂珍惜"，觉得是充满了真理的一句废话，但是有一天，我身不由己地去网上搜索这句话的真正意义，发现了某位心理学家的分析。其中有几段话我翻来覆去地看了几遍，贴在这里警示自己：

> 假如这个新的目标和需求的满足，和已有的满足发生冲突，有可能对已经得到的东西有损害，我们出于这种对获得之物的贬低的错觉，和全心渴望新满足的强烈欲望，就很容易忽略对获得之物的价值体验，忽略它的

重要性。因此，我们在失之必要考量和不谨慎的情况下，对新满足的追求就可能带有膨胀和失控的性质，也就是通常而言的任性和不留余地。

人类容易对自己的幸福熟视无睹，忘记幸福或视之为理所当然，甚至不再认为它有价值……为了能够再一次体验到幸福快乐，也许有必要先去体验一下失去他们理所当然地拥有的东西以后的感受。只有体验了丧失、困扰、威胁甚至是悲剧的情绪之后，才能重新认识其价值。

珍惜的能力让我们不至于自大和失控，一心追逐新欲望，而对此可能造成的损失想也不想，只在失去后才大惊失色地说："怎么会这样？这可不是我想要的。"

"怎么会这样？这可不是我想要的。"这句话恰如其分地表达了我的想法。到我在离婚协议书上签字为止，我面对的将会是一段悬而未决的、等待的日子。仅仅是想一下离婚的事，我就有了一种前所未有的沉重感。

心情不同了，我再跟刘启明见面的时候，感觉也全部都变味了，想到他的时候，就感觉他像橱窗里摆着的我喜欢看却不想买的一件商品。一天，他约我见面，我答应见他是因为我想在他那里发泄点儿什么。之前也交代过，他送我的书里有他的照片，一张是头像，一张是全身像。我走到他的身边时，发现他穿着全身像里的那套西装。书是几年前出版的，拍照片的时间可能比书出版的时间更早。虽然表面上看他根本不胖，但不合体的西装却让我一眼看出中年男人的臃肿。还有，他自己肯定没发现西装的下摆开了线，线头不和谐地跟着他的身体摆动。线头刺痛了我的眼睛。顷刻间西装在我的眼睛里变成了一块裹着他身体的普通布料，令他失去了尊严。我故意在他的左边走了一阵，接着在他的右边走了一阵，最后在他的身后走了一阵。我觉得心里的什么东西被西装以及西装下摆上的线头给糟蹋了。跟他在饭店吃饭的时候，我意识到跟他在一起甚至不如跟一只猫在一起愉快。他再跟我谈起对我的思念时，我产生了想使他也痛苦的想法。是的，我开始想伤害他，比如跟他宣告分手，然后像一阵风一样离开他。不过那天我并没有付诸行动。

　　不久后的一次见面是在夏天。我曾在夏日的海滩上见过刘启明咖啡色的、十分性感的两条腿。所以，当我一眼发现短裤下他的两条腿特别白的时候，就问他："你是不是一直都没有去过海滩？"他回答说："是。"我的眼睛再一次被刺痛了，之前脑子里的那双好看的腿似乎成了幻象，现在他的腿给我的感觉似乎更加极端。是的，仿佛是第一次看见他的腿，我的心里突然泛起了一阵恶心。《霍乱时期的爱情》中，关于费尔明娜再见阿里萨时，有这样的一段描写："就跟那天在做弥撒时他第一次和她近在咫尺的情况一模一样，有所不同的只是热恋的激情变成了不满的冷峻。一刹那,她发现自己上了个天大的当,惊讶地在心里自问,怎么可能让一个如此冷酷无情的魔鬼长年累月地占据着自己的芳心。她仅仅来得及想:我的上帝啊,真是个可怜虫!阿里萨勉强一笑,开口想说点儿什么,试图跟她一起走,但她把手一挥,把他从自己的生活里抹去了。'不必了,'她说,'忘掉吧。'"

我对刘启明的感觉跟费尔明娜对阿里萨的感觉非常相似,甚至可以说完全一致。也许很多人的命运就是被一个细节改变的,好比这一刻,我对刘启明的所有感情都被抹去了。因为这个原因,后来我不怎么跟他说话,他很困惑。直到跟他分别,我一直在心里对自己说:这是最后一次见面,我再也不想见到他了。

那天分别后,刘启明给我打过很多次电话,我一次都没接,任凭铃声在空荡荡的房间和心中回响。

终于,在一个懒洋洋的下午,我有了一种自己也无法理解的冲动,竟然给刘启明写了一封信。

刘启明:

　　好久没有跟你联系了,实在很抱歉。最近我的心情不太好,具体的原因说不清楚,就是觉得很累很累。想想人生不过几十年的时间而已,不明白为什么要活得如此辛苦。你来过很多次电话吧?不仅仅是你的电话,所有人的电话我都没有接,是不想接。刚刚熟悉的懒散令我觉得轻松,一段时间内我想以懒散的方式打发时间和生活。我建议你也试一试,随便在哪里,在你想象中的某一个地方挖一个小坑,把自己的灵魂埋进去,让灵魂不再飘来荡去。

心情不好,不说也罢。也许这是我跟你之间最后的联系。

谨此。

可卿

我得承认,这封信写得十分做作。关上电脑后,我有了一种想呕吐的冲动。不用猜我都知道刘启明读完这封信后会多么难受,因为我了解他,他是那种只为爱而活着的人,虽然这对一个作家来说,其实是一种极其难得的美好品质。

两天后我收到了他的回信。

可卿:

收到芳函,不胜唏嘘。信中所充溢的末世的感觉是怎么回事呢?且,你欲说还休的样子也令人茫然。

至于我的心态,其实总能平和。因为对于生活之磨难,我已习惯,且早已活得皮实了。有时,想到生活中的无奈,便不觉念及西楚霸王兵败乌江,虽自刎而死,却信心不倒,令我钦佩。其时,此君歌曰:"力拔山兮气盖世,时不利兮骓不逝,骓不逝兮可奈何,虞兮虞兮奈若何!"实在苍凉、豪迈!

你的信使我良久徘徊于斗室,自觉也颇类似于困兽,有一种呼啸奔突之感。

可卿,我与你的故事,构思于海滨之夏,起笔于京都之秋,原计划发表于蛇年之末马年之初。曾想,若可以成就此故事,当闻达于诸侯,问鼎乎天下。现在看来,你沉淀尚且不够,以至有"恍惚疏淡"之感。这种感觉要将我们间的故事"坎儿"住了。说真的,我一时焦头烂额,束手无策。

罢罢罢!我们的故事有头无尾,便是我与你无缘!苍天无眼,或者有眼而不允,奈之何?

不得生时自不得生,然不该得死难道就要去死吗?呜呼,无生无死自可得无限,也永恒;然而,若无生死之艰难,这无限这永恒也就缺了点儿什么吧?

不,还是就此搁笔吧!既无生,何谈死?况且淡而远之,抹而去之,究竟可免去许多烦恼,是吧?

只是这么好的一个故事,轻易抹去,终究可惜。况且,日后难道就不会念起吗?人生空留遗憾,岂不成无能之辈了吗?

信笔游之,不知所云。好在你是知道这故事的,便请你来裁判吧,如何?

刘启明

看完信,我有气无力地在沙发上坐了很久,一动都不想动。刘启明的情感从四面八方朝我扑来,我觉得窒息。怎么说呢,他是爱的凝聚体,即使他的爱失败一百次,也绝对会爱第一百零一次。这个发现产生了一个意外的结果,就是我把他彻彻底底地从心里抛出去了。我知道他对我的期待,但是我永远都满足不了他了。

19

周末,我说有要紧的话要跟致远说,问他是否愿意跟我去附近新开的一家烤鸭店吃烤鸭。他同意了。

感觉到自己的情绪不太稳定,我有意挑了一张靠角落的桌子。不知道是不是新开张的原因,除了我跟致远,店里只有两位客人加上两位女服务员。这使我觉得很自在。我们要了烤鸭、小笼包和松鼠鳜鱼。烤鸭我一口都没有吃,致远觉得奇怪,但我也没有办法向他解释。真正的原因是,跟刘启明在 G 县捕鱼的时候,我曾经看见几只可爱的野鸭,没想到之后每次吃烤鸭的时候,脑子里就会突然浮现出那几只野鸭的样子,差点儿没吐出来。差不多快吃完的时候,我觉得可以跟致远说一说所谓的要紧话，就主动提起了那个一度绝对不想碰的话题。

我郑重其事地说："致远，我觉得离婚也许不是解决问题的最好办法。"

致远带着怀疑的神情问我："你还是不想离婚吗？"

我说："结婚前我们约定好了，允许对方犯一次错误，我希望你遵守这个约定。当然这机会不是给我，是给我们的婚姻。"

致远说："我记得这个约定，我也尝试过给自己、给你、给我们的婚姻一次机会，但是我做不到。真的很抱歉，我觉得移情别恋跟我们约定允许对方犯一次的错误是两码事。"

我有点儿紧张地说："好吧，就算你说的是对的，但是你打算离婚应该有一段时间了，为什么一点儿思想准备也不给我？还有，我本来想向你证明，其实我跟刘启明是清白的，我们没有实质性的接触。"我避开了"上床"两个字。

致远当然听懂了我话里的意思，对我说："如果你不爱他，即使跟他上床也顶多只是玩一玩，但是你动了真情，这才是致命的地方。我想说的是你的态度。"

我说："虽然我做的一些事超出了正常的范围，也并非无可指摘，但是我真的没有爱上他。最主要的是，这件事使我学到了不少东西，最深刻的就是教训。我保证今后不会发生类似的事情了。总之我并没有跟你离婚的打算。"

致远简短地回答说:"你现在说不想离婚,但是你知道那句话吧,'早知今日,何必当初'。"

我说:"你能不能别再纠结于刘启明?你总是把事情往坏的方面想。他的事我都向你坦白了,连他自己也承认输给你了。换一个角度来想的话,我爱你爱到这个程度,你多少也应该感动的啊。"

致远执拗地说:"我不懂你在说什么。一个男人会为了妻子在外边有其他男人而感动吗?"

我说:"已经告诉你几百次了,我再说一遍,我跟刘启明没有你想象的那种拉拉扯扯的关系。他喜欢上了我,他的感情很真诚,我只是不想伤害他而已。换一句话来说,起初我只是出于好心,后来是不想让他难堪,再后来是我有点儿忘情,现在我已经完全摆脱他了。"

致远说:"你不想伤害他,所以就来伤害我。你想过我的感受吗?你跟他去 G 县的时候,我们刚刚结婚不久啊。"

沉默了片刻,我回答说:"伤害你的事我觉得很抱歉,但最终我还是把持住自己了。人生就是这个样子的啊,随时都有可能发生各种事情,关键是看结局。"

致远说:"如果你真的把持住自己的话,就不会两次去外地跟他见面。想想一男一女在一起,想想人性,你要我怎么相信你?我的脑子里想的都是你跟他在一起的情景、你跟他在床上的情景。有时候想象比现实还要伤人。"

我说:"是自尊心阻止你相信我。"

致远说:"总之,很多事情你处理得不好,应该说处理得非常糟糕,我觉得很受折磨。你不懂得怎么做才能把珍贵的东西留在身边。"

我说:"你都没怎么吃鱼,吃点儿鱼吧。"我夹了一块鱼到他的盘子里,接着说,"这一点你说的是对的,我真的后悔没有认真地顾及你的感受。不过,我还是觉得你想离婚,这事只是借口,你想把责任推到我身上。因为我早就感到你在外边有女人了。如果你真的有女人了,如果你真的已经不爱我了,我希望你能够跟我说实话,免得我困惑。"

致远郑重其事地说:"我并非不爱你,但是发生了这么多事,我似乎没有办法像以前那样爱你了。提出离婚,我自己也很难受,毕竟我们的婚姻是以失败而告终的。"

我的心里突然释放出一种缤纷的东西,是难过,是感动,是希望,是羞愧?我改变了策略,对他说:"致远,现在我们两个人都不平静,特别是你,你正在气头上,现在我说什么你都听不进去的。这样好不好,我们先不要急着办离婚手续?手续什么时候办都来得及。如果办了手续再后悔就不太好了。我们都给自己一点儿时间吧。"

致远不回话,脸上充满了苦恼和忧虑,这使我觉得我们的关系还有希望维持下来,于是我对他说:"打一个比喻,也许你不喜欢听,但我还是忍不住要说出来。我觉得,我们现在的情形就好像在转一个集市。我是你在踏进集市大门时第一眼看见就喜欢上的。你要了我，但是你又觉得集市很大，或许前面还有更好的。你不妨试一下，致远，我给你时间和机会。如果你的确发现了比我更好的，那么我会顺从你的意思跟你离婚，但万一你还是觉得第一眼看上的我是最好的，我很高兴你回到我这里。"

致远摇了摇头，带着困惑的神情说："见鬼，真的不懂你在说什么。婚姻怎么可能是逛集市呢？"

使用"集市"比喻，连我自己也惊讶。这个比喻来自刘启明，我不自觉地引用并延伸了它的意义。这时候我忽然感到窘迫，下意识地用手指敲着膝盖对致远说："我只是想把自己想的事情解释得更形象而已。"

致远说："我不觉得这个比喻形象。我们的对话再延续下去的话，估计很多都是重复，所以今天还是谈到这里吧。我们回去吧。"他做了一个看起来干净利索的手势，咕哝着，"你不要表现得好像是我在逼着你离婚似的。说实话，你这么做令我更加痛苦。事实上是你逼我非离婚不可的。两个人在一起，如果相互不信任也不快乐的话，婚姻的存在还有意义吗？"

我没有回话，跟致远一起回了家。为了走近道，我们穿过了一块空地。不久前，空地上什么都没有，现在却被扔了很多空瓶子、空罐子等垃圾，连致远的脸上也露出了不敢相信的神情。

一段时间内,致远虽然没有再提离婚的事,但态度和行为也没有什么改变,甚至又动不动就不回家睡觉了。我心灰意冷,觉得所有的努力都白费了,再找他谈话似乎也没有什么意义了。我这样猜想:不回家也许正是他的逃离之路。这里已经不是他心里的家了,因为真正的家是每个人都想回去的地方啊。

20

我病倒了,几乎在瞬间体温就飙升到了39℃。夜里觉得冷,浑身发抖的时候,不禁想起了致远在身边依偎、伴我共眠的那些日子,忽然悲从中来。

第二天,我正迷糊的时候感觉有人在家,几秒后才意识到是致远回家了。也许是看见我还躺在床上,他小声地嘟囔了一句什么,我没有听清楚。我不想让他知道我生病了。他简单地吃了点儿什么,用郁郁寡欢的神情盯着电视机看了一会儿,最后去浴室洗澡。不久,他从浴室出来,在我的身边躺下,但很快又坐了起来。他把手放在我的额头上,问我:"你是不是在发烧?"我说:"是。"他问我:"从什么时候开始的?"我说:"两天而已。"他满脸疑惑地问我:"有没有去医院?"我说:"没有。"他问:"为什么?"我沉默着不回答。于是他去了卫生间,回来时手里端着一个装了半盆水的脸盆。他去冰箱抓了一把冰块放在脸盆里,还找来一条新毛巾浸到冰水里。他捞出毛巾,将水拧干后叠成长方形放在我的额头上。他默默地做这些事,从头到尾没有说一句话。对他的这份关切,我忍不住说了一声:"谢谢。"跟着泪水从眼睛里奔泻出来。他问我:"你为什么要哭呢?"我哽咽着说:"我也不知道为什么。"

其实我知道为什么,但如果将原因说出口的话,我会感到羞愧。我本来已做好心理准备接受孤立无援的打击,但致远突然回家,得知我发烧后又如此温柔地照顾我,我真的坚持不住了,感动如潮,总也停不下来。还有,我觉得无比歉疚,我真的希望时间可以倒流,回到我去威海参加笔会之前的那一天,这样我跟致远的关系就可以从头再来一遍。

夜里,我的体温还是不见下降,致远用手摸了摸我的额头和脖子,对我说:"不行,你得去医院,也许你需要打点滴。"

我舍不得他的温柔,摇着头说:"我不要去医院。"

致远对我的心思毫无感觉,不耐烦地问我:"为什么?"

我说:"不要问为什么,我就是不想去而已。"

致远说:"我不明白。"

我说:"你不用明白。"

致远问我:"你说的是真的吗?"

以为致远理解我的心情,所以我"嗯"了一声,想不到他突然很生气地对我说:"我到底做错了什么事,你一定要这样惩罚我呢？"

致远掀开盖在我身上的被子，强硬地将我拖起来。他为我穿衣服，眼泪顺着他的面颊流下来。我知道我又无意中伤害了他。我这个人总是这样自以为是，自以为站在对方的立场上考虑问题，觉得对方一定会这么想的，但其实我没有考虑对方的感受。如果我考虑对方的感受，就应该老老实实地跟着致远去医院，免得他担心才对。

公寓的下面有一个停自行车的地方，致远推出一辆黑色的自行车让我坐到后座上。医院非常近，三分钟就到了。路上铺满月亮的清辉。窗口的女人问我们是不是看急诊，致远说："是。"女人拿出一个体温计让我测体温。几分钟后，我把体温计还给女人。她看了一眼后问我："你真的发烧了吗？"我点头，还告诉她有 39℃。她严肃地点了点头，说我的烧已退，现在的体温是 36.4℃。我看致远，致远也看我，很难相信女人说的话是真的。致远让女人换一个体温计。我重新测了一下，还是 36.4℃。我对致远说："体温计没有坏。"他说他想起来了，之前有一次也是这样，我明明烧得很厉害，一到医院，体温马上就正常了。我说："我最害怕打针，也许是被吓好的。"他回答说："也许。"我又说："其实也未见得就是怕打针。我的病都带有神经性，只要你在我身边，或者你为我做点儿什么，不用吃药或者打针，病自然就好了一半。如果你不在我身边，即使吃药或者打针，好像也不怎么管事的。"说到这里，我突然住

下一个车站

了嘴。

我真的是个白痴,反省多少遍依旧会犯同样的错误。我根本没有责备致远的意思,但是有一句话叫"说者无心,听者有意",这话说的是真的,因为致远觉得我是故意用这种话来旁敲侧击他不回家过夜的事。从医院出来后,他变得十分沉默。

而我此时也颇为感慨。我跟致远的关系已经不正常了,我们对彼此不信任了。尽管我们有好长一段时间互不干涉、各行其道,但我们之间还是充满了怀疑和猜忌。我们的关系慢慢形成一个固定的、有形状的东西了。

我想找点儿话说,但竭尽全力也找不到合适的,能想到的话都与现在的心情格格不入。回到家,我觉得头痛,不舒服,尽管我不该觉得跟致远有关,但就是觉得跟他有关。也许今后我得用一种小心谨慎而又客观的方式跟他对话。他坐在我的身边,看起来像一个陌生人的样子,让我十分尴尬。

第二天早上,致远约我一起散步,我的身体比较虚弱,本来不想去,但还是答应了。天高气爽,阳光明媚,树上的小鸟啼声清脆,半个小时后,我开始喘息,他带我回家,路上对我说:"你的身体还需要恢复,回家睡觉吧。"

我醒来后,致远刚好拎着一大堆菜从外边回来。我去客厅的沙发坐下,而致远戴着围裙在厨房里洗菜。我好久好久没有这样认真地看他了。他个子很高,一头天然的鬈发,脸细长而白皙。这是一张讨人喜欢的脸，这张脸还有一个特质，就是没有胡须。跟他的鬈发一样，这个特质也是天生的。我有点儿分神，不禁想起了刘启明。关于刘启明的记忆总是会莫名出现在一些关键的瞬间。刘启明跟致远相反，胡须很多，只是被他剃得光光的。意识到在想刘启明，我使劲地甩了甩脑袋，起身去厨房帮忙。站了不到五分钟，我的身体又开始冒虚汗，这一次我汲取教训，不用致远提醒，主动回到沙发上休息。

致远做了好几个菜，都是他平时做的简单的菜，比如炒生菜、西红柿炒鸡蛋、炒空心菜、青椒炒肉丝。他还煮了大米粥。我喝了一碗粥，吃了几口蔬菜，然后去床上躺下。我应该是很快就睡着了，而且睡得非常熟，因为再睁开眼睛的时候，天已经非常非常黑了。家里非常寂静，我喊了一声："致远。"没有回应。我又问："致远你在吗？"还是没有回应。我下了床，去客厅和厨房看了一遍，找不到致远的身影。我暗自担忧的事还是发生了，致远又把我一个人留在家里了。我的心里泛起了一股酸楚，但此刻我还是不想确定，希望致远不过是在单位加班。到了午夜，他不回家的事确定无疑，我明白了他为我做了那么多菜的意义。一清二楚，他做了那么多的菜，就是为了能够减轻心里的负担。

我觉得愤怒，宁愿他没有花时间为我做那么多的菜。

昨天早上的散步以及白天的午餐如梦似幻，空虚与孤独蜂拥而至。我的身体一阵热一阵冷的，我知道自己又发烧了。

痛苦是双重的,有肉体的部分,还有精神的部分。我在心里问自己:你能坚持下去吗? 回答是:你坚持不了的。

致远是在第二天傍晚回家的。进门后他问我:"你的身体怎么样?"我说:"还好。"他问我:"你吃饭了吗?"我说:"没有食欲。"于是他把昨天剩下的菜热了一遍端到饭桌上,招呼我说:"不吃饭怎么行呢? 多少还是吃一点儿吧。"

借着灯光,我看见他的脸上有一种焦虑的神情。其实他根本不必在乎我。最后我说:"好吧,谢谢你。"

不知道致远是否跟我有一样的感觉,虽然面对面地坐在同一张饭桌前,吃同样的饭菜,但空气里有一种尴尬的紧张感。他让我吃饭,我吃了。但我吃饭仅仅是为了满足他的想法。还有,他不回家早已经是经常发生的事了,这时候问他昨天在哪里过的夜反而不正常。吃饭的时候我一言不发,他也一言不发,两个人都在跟沉默较劲。

果然,吃完饭致远马上就离开了,我的感觉很怪异,满脑子空空荡荡的。傍晚,他的一位同事突然到家里来看望他,因为他两天没有去单位,担心他病得厉害。我的心被什么东西击了一下,很痛,但是我竭力装出平静的样子,说生病的人是我,致远一直在家里照顾我,这会儿刚好外出办一件事。我让他不要担心致远,最后还谢了他。一定是我的脸色苍白,所以他根本没怀疑什么,让我保重就离开了。他出门的时候,我向他保证会把他的好意转达给致远。

我一屁股坐在沙发上。家成了一叶小舟，被我的情绪推动着，摇摇晃晃不知漂向哪里。我想致远一定是跟哪个女人在一起，跟她一起吃饭，一起睡觉，一起散步，而女人看不见我，我也看不见她，我们相互看不见。我相信女人一定也知道我的存在。一种莫名的失落充满我的全身。现在致远爱的是另一个女人，至于他对我的关心，给我的感觉更像是在尽一种义务。这还不是全部的感觉，现在的情形好像是我成了致远的负担。他回家来照顾我说不定也是跟她商量好的呢。对她来说，允许致远回家照顾我，也许只是想照着自己的想法塑造致远，想让致远做一个有责任心的人，或者根本就是向致远表明她是一个大度的人吧。

　　一股野蛮的力量迅速在我的心里增长起来，我控制不住自己的双脚，去门口将大门从里面反锁上。我在心里想，致远你既然有地方睡觉，有女人陪吃饭，那么干脆不要回这个家了，就一直跟那个女人厮守吧。现在我的身上再也没有剩下什么可以忍耐的空隙了。在刘启明的小说里，我读过"灵魂的战栗"这样的描写，此刻我的感觉正好可以用这个来形容。

　　但是，坐回沙发后，我的心忽然松动了，忽然害怕了。毕竟致远不回家是我跟致远两个人的问题，不该把那个女人扯进来。想起某部小说里的一句话："我不该把事物本来的样子同事物的影子混为一谈。"还有，致远当真进不了家门的话，我们无疑就进入一条死胡同了。我再一次走到门口，解除大门的反锁。我没洗澡就上了床,也没打算开灯,一直睁着眼感受黑暗中的一片死寂,体验一种不断加剧的痛苦。

21

大门传来开锁的声音,我的心几乎要爆炸。天啊,幸亏我没有真的反锁大门。致远开了灯,一脸焦虑地凝视着我。

致远问我:"吃晚饭了吗?"

我说:"你怎么还有心思担心我呢?你自己的事情不是已经很烦了吗?"

致远问:"我的什么事?"

我说:"你不是两天都没有去单位了吗?你的同事担心你,特地来看望过你。"

致远说:"这件事你不用在意了。我已经收到了同事的电话,已经解释过了。"

我毫不留情地说:"你不应该对我撒谎的。"

致远说:"我没有对你撒谎啊。"

我说:"可是你并没有去单位啊。"

致远问:"我对你说过我要去单位了吗?"

我说:"虽然你没有对我说你去单位了,但是你夜里不在家我也许会胡乱猜想你睡在哪里,但白天不在家的话,我自然以为你是去单位的啊。"

致远说："我去哪里没有必要非得告诉你。"

我看了致远一眼，脑子里浮出自己偷偷去天津的事，想说的话说不出口了。我从床上坐了起来，无法相信一切又回到我发烧前的样子：两个人之间有着遥远的距离和无形的墙壁。

我说："我们之间，难道一点儿其他的东西都不剩了吗？"

致远用挑衅的口气问："你指的东西是什么？"

我想了一会儿才回答："比如一年前，很难想象我们会变成现在的样子。"

致远说："从你偷偷去见刘启明开始，你就应该想到一切注定会改变的。开始我猜测你，在意你跟他在一起，但现在我已经对你的行为听之任之了，所以也希望你能够让我随便。"

我问："你觉得猜测和在乎是尽力吗？"

致远说："我尽力了，但有些东西定义了我们两个人的人生，而这些东西是没有办法忘记得一干二净的。这些东西分裂了你和我。"

我问："你说的定义的意思是？"

致远说："我早就表示过了啊。"

我"哦"了一声，知道致远说的"表示过了"的事就是他写的离婚协议书。他还在等着我签字呢。事实上，我真的没有考虑过离婚协议书的事，也许我的想法过于单纯，我只看我跟他的关系，觉得是我不小心在中间制造了一个伤口，而我要缝合好那个伤口。

两分钟后，我的呼吸才变得舒缓起来，对致远说："如果你觉得不能改变那个想法的话，我也不强求了，我不反对你从这个家里搬出去。"我不敢看他的反应，重新躺下，将脸冲着墙壁的一侧。

致远的语调变得严厉，以牙还牙似的回敬我说："为什么要我搬出这个家？这是两个人的家，一人一半。你一直不肯在离婚协议书上签字，我本可以去法院的，之所以坚持等你签字，不过是想跟你协商。我是很想尊重你的意愿的。"

我的身体凝固起来，或者说身体所有能够感知的地方都在萎缩。致远很强势，把我逼到一个尴尬而又羞耻的位置。现在给我的感觉是，家是一个把人打回原形的地方。我像一只挨打的小狗再一次坐起来，拖着长腔呜咽着说："今天我也不睡觉了，干脆跟你把话彻底地谈开吧，也算是对我们婚姻的最后一次维修。我想在离婚前把话说清楚了。"

致远说："我没有心情跟你聊天，因为明天我得去单位了。"

我能感觉到有一阵痉挛从脸上闪过。虽然致远不想听，但我还是坚持说下去："我是见了刘启明几次，但每次去见他，都是为了跟他了断。我当时真的是那么打算的。"

致远沉默了一阵，和衣躺到床上，用被子捂住了身体和耳朵，他的意思是他不想听我说话。我无能为力地看着他，知道永远都不能进入他的内心世界了。这个念头让我绝望,同时也在我的心底掀起一股无法压抑的愤怒。如果不是夜深人静,如果不是住在小区里,我真想歇斯底里地大声号叫。我也不知道为什么会做出这样的事,竟然将致远的被子掀开,而致远从床上爬起来,去客厅的沙发坐下,哆嗦着手点了一支香烟。我跟着他到客厅,就站在他的面前,责备他不该用这样的方式折磨我。他说他并不想折磨我,只是觉得两个人之间真的没有必要解释什么了,解释已经没有意义了。但我就是觉得唯有话语才能冲破两个人之间的屏障,对他说:"你不说话没有关系,但是请你听我说好不好?"他冷冷地让我说。我一口气说下去:"致远,你自己也想一想,这么长的一段时间里,你经常是夜不归宿,去哪里也不告诉我。说真的,我很难受,而且觉得自己也有一定的责任,所以想给你一段时间,也许回头看过去比经历的当时要容易,也更清晰。你提出离婚,我不同意,因为我想给自己一次机会。我觉得,两个人走到一起并不是一件简单的事,尤其我们从一无所有到有了如今这个家。"这时候,我将他回家后散放在沙发上的衣服挂到墙壁的衣钩上,接着说,"我们好不容易建立了这个家,那么你跟我都应该对家负有相等的责任。我说的责任里,也包括拯救这个家。你之所以提出离婚,我十分理解是我在几件事情上没有做好,也没有处理好,是我不小心伤害了你。但我一直想弥补我的过失,直到此刻仍然在努力。为什么你就是不肯给

160　　　　　　　　　　　　　　　　　　　　　下一个车站

我一次机会？为什么你就是不肯努力拯救我们的婚姻？我也不能说你没有努力，就像我生病的这几天，你每天回家为我做饭，还带我去医院，我心里是很感谢你的，但是我就是觉得你做这些事不过是出于义务。"我喘息了几下，又接着说，"你为什么非得离婚不可？你可以告诉我真正的原因吗？"

致远将香烟按在烟灰缸里，站起来，他的脸贴近我的脸，轻蔑地对我说："可卿，你真的想知道我是怎么想的吗？你真的想知道我为什么要离婚吗？好吧，我想离婚是因为我已经不再爱你了。我早就告诉过你我已经不爱你了。"

又有一阵痉挛从我脸上闪过，被一种垂死挣扎般的感情驱使，我问致远："为什么你不爱我了，却还要在我生病的时候照顾我呢？"

致远说："如果我不照顾你的话，万一你死了怎么办？"

我差一点儿没有背过气去，说："你是说你在我身上施行你所谓的人道主义了？"

致远不带任何感情地说："差不多就是这个意思了。"

我说："如果是这样的话，不如你不回家来照顾我。"

致远说："我本来不想说出这样的话，是你逼着我说出来的。"

显然这一次致远给我的打击更大，就像他是拳击手，给了我致命的一击。我唏嘘了一阵，决心将一切都连根拔起。

我说："好吧，即使你现在不爱我了，但是你曾经爱过我。

你对我的感情发生变化,不仅仅跟刘启明有关吧? 开门见山,我觉得你在外边有女人了,这才是你想离婚的真正原因。"

致远说:"我们不要谈乱七八糟的事好吧。我在外边没有女人。我不像你,东一个西一个。"

我说:"致远你说话要负责任,我哪里东一个西一个了?"

致远说:"也许我用的词不准确,但你真的不是一个诚实的人。"

出乎意料的冷漠杀伤力更大。因为愤怒,我开始浑身发抖。致远盯着我的眼睛,斩钉截铁般说出的这些话,使我的心神都疯掉了。我还是第一次对他产生了一种憎恶或者说是仇恨。我很吃惊,没想到自己会突然抬起手,狠狠地扇了他一个耳光。他先是愣了一下,脸色变得苍白。我从来没有看见过他如此愤怒,他抬起手,将我一下子推倒在沙发上。

我跟致远之间,我们的婚姻,好像有一扇门一下子就打开了,有什么东西冲了进来。或者说,我一度走进了一座迷宫,好不容易出来了,发现不是以前进去的那个地方了。我的感觉复杂极了,眼前出现了几十个世界。尽管我的身体在颤抖,却没有泪水。我坐在沙发上,呆呆地看着自己的两只脚。

有什么人给致远打电话。他开口说话,声音出乎意料的平静,交谈中甚至夹杂着微笑。这个时候,他能够若无其事地打电话这件事伤害了我。换了是我,在现在的情形下接电话,估计连话都说不清楚。无论从他的角度看还是从我的角度看,都可以证明他真的不爱我了。带着一股恶意、一股力量,我的另外一个人格接管了我的身体,我突然站起来,从他的手里夺过手机,挂了电话后直接扔在了沙发上。

等致远回过神来,他的第一个反应就是狠狠地扇了我一个耳光。"眼冒金星"这个成语正好形容我此时此刻的感觉。以前读书时读到这四个字,总觉得很可怕,但实际体验起来,美得无与伦比。怎么说呢?我捂着脑袋站在原地,虽然面颊热辣辣的很不舒服,但有一种奇异的眩晕,然后美丽的景象出现在眼前:死寂的黑暗中,突然迸射出无数颗金色的星星,烟花般在空中慢慢散开,慢慢消失。烟花并非绽放在身体的外部,而是开在自己的脑子里;不是用眼睛看,而是用身体体会。在金星迸射的刹那间,我从来没有这么近地接触过生命。无数颗小星星,无数个小的飞行体,也许是我的无数个小小的灵魂。我嘟囔了一句"我的天啊"。我不再对他和婚姻抱有任何迷恋,对他说:"你太自私残酷了,请你先离开这个家吧。我发誓会跟你离婚的,也发誓会跟你平分我们的财产,还会在你准备好的离婚协议书上签名,但是请你现在先离开这个家吧。"

致远不慌不忙地说:"我没想到会抬手打你,也不知道为什么会这么做,我觉得很抱歉。不过就听你的,我先离开这个家,等你签了离婚协议书后再联系我好了。"

22

我并没有致远已经不在家的那种感觉,他的几件衣服还挂在墙壁的挂钩上。他走了大约半个小时以后,出于冲动,我把他的东西都收拾干净,摆回以前放置的地方。在感觉上,似乎他从来没有回来过,也从来没有离开过。本来,从某种意义上来说,所有他留存下来的痕迹,都会让我觉得尴尬才对啊,我觉得不可思议。

早上,我又到家附近的公园里走走。才五点钟,已经有人比我先到了。一个男人在遛一只白色的小狗,两个老妇人在做一种健身体操,也许是太极拳,我分辨不出来。一只流浪猫慢慢地从草丛边走过。半个小时后,我在一个长椅上坐下来看远方的天。天空是白色的,坦荡而平静,似乎我一伸手就可以触摸得到。我觉得生命似乎一下子向前移动了千百个小时。那个在冬日的雪地里穿着一套藏青色衣裤的青年到底是谁?那个温柔得出奇,有着一双甜蜜眼睛的青年到哪里去了?激情与爱情是在哪里、什么时候遗失的?我很清楚致远不会再生活在我的身边了,他的音容笑貌和气味都将成为我的记忆。从表面上看,生活似乎没什么两样,但幽深的家不再是过去的那个样子。

耳边传来很悲情的音乐声,一个少年正用嘴里含着的一根小草吹奏。也许少年的技艺不是很精湛,但他吹得很用心。

　　　　　　　　　　　　　下一个车站

千帆驶过的心被他吹奏出来的悲情覆盖。很奇怪，这是一种全新的感觉，好像一种忧伤的愉悦。我内心的一些感觉也被颠覆了，虽然依旧觉得孤独和迷惘，但好像不是将要失去什么，而是将会得到什么的感觉。如果打一个比方，就好像我收到了一个信号，告知我已经进入大病后的康复期了。我想我对致远也不能再纠结下去了，再纠结下去的话，日复一日都会陷在痛苦的深渊里。是的，致远真的不爱我了，我再努力下去也没有意义了。

这个瞬间我如释重负。事情一下子变得非常简单，我决定离婚。我努力让自己认为离婚是唯一的自救之路。

下定决心后，我再一次死死地盯着吹奏的少年，甚至希望他永远不要停止，因为我还是第一次觉得音乐会给我一种想象中的完美的自由。离婚也是一种选择，未来在等待着我。

不过，我跟致远都是大学毕业后在北京工作并生活的，家里所有的一切都是两个人共同经营起来的，说到协议离婚，协议的其实就是财产而已。电视、冰箱等家电，甚至包括存款，一人一半就解决了，问题在房子。致远希望出售房子，到手的钱一人一半，但是我不同意出售。一年前跟他一起挑选房子的时候，正赶上下雨，雨点打在屋顶的声音，使我对这个房子一见钟情。还有，他不回家的日子，我一直在这个房子里体味人生，感觉它是一个希望的所在。还有，刚搬来的时候，附近只有超市、酒店以及邮局，但现在有了银行、饭店、医院等我需要的一切设施。最主要的是,这个房子是我人生中第一次拥有的自己想要的东西。因为我不想卖掉房子,离婚手续只能暂时往后拖。

提前半个小时到了单位,竟然有比我还早到的人。叫刘红阳的男人一边用扫把扫地,一边哼唱着:"撒什么种子开什么花。"如果没记错,这应该是《红灯记》里的一句唱词。这个时候听见他唱老电影里的歌,尤其是这首歌,我觉得是对我的极大讽刺。我没有勇气看他,低着头说了一句:"你好。"他笑嘻嘻地回了一个"好"字。

我逃也似的去了自己的办公室,见只有我一个人,不禁松了一口气。坐到椅子上,我从包里掏出镜子看脸,虽然眼角有一块乌青,但不明显。刘红阳跟我打招呼的时候并没有仔细看我的脸,应该没有看到。

不久,跟我在同一个办公室办公的江飞来了,一进门就大声地问我能否猜出他来单位的路上在想什么。我假装写字,支支吾吾地说:"想不出来。"他平时并不多话,今天明显不太正常。他对我说:"我想象你跟一大群人在一起开会,我突然闯进去,若无其事地骗你说有人找你,让你去单位的大门口。你信以为真。等你离开后,就听到一阵哒哒哒的声音。于是你返回会议室,发现所有的人都倒在血泊中,而我呢,正用手枪顶着自己的脑袋,慢慢地扣动扳机。你觉得我的这个想象怎么样?"我告诉他这个想象毫无新鲜之处,但他一定是疯了才会有这么残酷的想象。跟他说话的时候,因为忘记了眼睛有点儿肿,也忘记了眼角的那块乌青,我竟然睁大了眼睛直视着他。他端详了我一会儿,突然问我肿眼泡和眼角的乌青是怎么回事。我还来不及回答,他又认定我是不小心撞在了什么地方。他让我不要用那么诧异的目光看他,因为他自己也觉得脑子里的想象既疯狂又无聊。不过我谢了他,因为在他荒唐疯狂的想象中,至少还想方设法让我一个人活了下来。但谢完他我又觉得难为情,似乎不该有庆幸之心。我问他是不是第一次有这种想象,他很肯定地回答说:"是第一次。"然后说自己也被吓了一跳。我给他冲了一杯茶,对他说:"你的心里生病了。"他问我:"什么病?"我想了想,回答说:"好像恶疮那样的病。"他点点头。我说:"对不起。"他说:"没关系。"

我跟江飞合得来,不仅仅因为我们在同一个办公室里办公,最大的原因是我欣赏他这个人。他是那种天生乐观的人,即使过很平淡的生活,也能感受到活着的意义。他跟别人一样向前走,但并没有什么了不起的目标。他跟我一起工作有好几年了,说真的,他给我的感觉很像办公室里养的一只猫。

我告诉江飞我开始学吸烟了,而且一吸就上了瘾,尤其喜欢从嘴里喷出一缕缕烟雾时的那种感觉。他立刻从口袋里掏出一包香烟,递给我一支,还为我点了火。说是抽烟,其实我只是猛抽一口后将烟雾慢慢地从口中吐出来,看着它们在空中飘散。江飞似乎跟我是一样的抽法。我知道我们不应该在办公室吸烟,但今天我想破例。江飞一边打开窗和电风扇,一边对我说:"幸好这个房间里只有我们两个人在办公。"我无声地对他笑了一下。

接下来的一天,我的心情都带着类似江飞想象的那种疯狂,还有说不清的焦虑。我会断断续续地考虑离婚以及房子的事。快下班的时候,江飞说我看起来心烦意乱,不如一起去看一场电影。我二话没说就跟着他去了一家电影院。下一场电影的放映时间是两个小时以后,而正放映的电影已经开始十分钟了,他问我:"怎么办?"事实上,我连电影的名字都没有确认,想都没想就选了正在放映的这场电影。黑暗中,我们随便找了两个空位坐下,默默地看了大约十分钟吧,他开始打哈欠。我暗示他离开,他跟着我站起来。我们做错事似的弯着腰溜出了电影院。他对我说:"接下去不如我们逛大街吧,逛到哪里是哪里,没目的地。"我说:"好。"我们盲目地走了一会儿,觉得肚子饿了,便进了一家朝鲜人开的冷面馆。冷面里的苹果和乌鱼很好吃,有一阵我们都不说话。不久,他问我:"刚才看的电影叫什么名字?"我说:"不知道。"他笑着说:"这样的电影果然没有几个人在看,简直就是幽灵电影院嘛。"我说:"我倒不是看不下去,而是根本就没看进去,是我自己心不在焉。"一时之间,他好像不知如何延续我们的话题,后来还是我先开口说:"老实说,我跟你看电影、吃饭,是因为我不想一个人打发今天的时间。如果是我一个人待着的话，一定会觉得痛苦或者闹心。"他说他感觉到我哪里不对劲。我说我很想告诉他一件令他大吃一惊的事，但又觉得还没有勇气说。我的鼻子忽然酸了起来，接着说："这短短的几个小时，虽然我们做的事荒唐得像发生在电影里，但是真的给了我很大的安慰。我觉得我差不多算是渡过了今天的这个难关。"他没有问我什么，跟他在一起真的很舒服。我两眼望着只残留一点面汤的碗说："假设俄罗斯跟乌克兰打起仗来的话，全世界的面粉都会涨价，这里的冷面说不定也会跟着涨价吧。"他说："但愿哪里都不要打仗。"

23

离冷面店不远的地方有一家服装店，江飞跟着我走进去。一套粉红色的套装很醒目，我不假思索地说："这套装很漂亮啊。"他让我试穿，我却犹豫了半天。说起来很烦人，我有一个很大的坏毛病，就是爱面子。挑选衣服的时候，一旦试穿过，即使觉得不合适也不好意思不买下来，可买下来后又觉得心里别扭。售货员满脸笑容地站在我眼前，手里托着粉红色的套装。我不得不从售货员的手里接过了套装。

我穿着粉红色套装走出试衣间，一边对着镜子看，一边说："样式蛮不错的，但颜色太粉了，似乎不够庄重。"我的意思是想让江飞帮我说话，使我在售货员面前有一个台阶下。售货员问江飞："您一定觉得很合适吧？她的脸很白，很适合粉红色。"江飞附和着售货员对我说："真的很适合你，你的肤色白，粉红色适合你。"虽然不想买，但我还是不情愿地交了钱。

　　跟江飞走到大街上，当我反复地问他："粉红色真的适合我吗？"他才终于懂得我的心思。他对我说："现在我明白你并不喜欢这套衣服了，可是刚才在店里的时候你为什么不明说你不喜欢？"我说："我不好意思说，因为试穿了衣服，售货员又那么热心。"他说："说好听的你是一个好人，说不好听的你是一个要面子的人。"我说我知道自己有这样的弱点，但是我拿自己也没有办法。他说："我们回到店里去退掉衣服吧。"我摇头，说我不好意思这么做。他说："那就我一个人去店里吧，虽然我也不敢保证能够成功退货。"我问他打算怎么向售货员解释退货的原因，他让我别管他怎么解释，我就说："那么我就站在这里等你回来。或者你可以向售货员说我其实很喜欢这套衣服，但是买了衣服后，发现没有回家的路费了。"他笑了笑，不置可否地走回服装店。我站在原地等他，脑子里都是他去退货时的各种想象。慢慢地，我的心里逐渐生出一种自责，觉得是自己的优柔寡断将事情搞得不可收拾。不仅如此，我还联想到了刘启明以及我跟致远已经崩溃的婚姻，有了一种穷途末路的感觉。

　　　　　　　　　　　　　　　　　　下一个车站

看着江飞空着两只手回来,我随着他笑,问他是不是照我教他的话跟售货员解释的。他把退回的钱交给我,说他并没有照我教的话说,他只是照实说,说我这个人爱面子,虽然试穿的时候觉得不太合适,但就因为试穿了而不好意思不买下来,可买下来后心里却一直觉得别扭。我问售货员的态度怎么样,是否怪罪他。他回答说:"售货员怎么会怪罪我呢?我可是说了实话、真话,说真话的人怎么能够受责备呢?"

江飞的话给我很强烈的触动,我说:"你真的很有勇气,我根本没有想过要说真话的。"

江飞"唉"了一声,面带悲伤地对我说:"现在,请你说真话吧,告诉我你身上到底发生了什么事。如果你信任我,我愿意倾听并替你分担忧愁。"

我勉强地笑了一下说:"我只是感觉不太好,觉得活得挺失败、挺虚无的。我发现什么都不确定,什么都没有意义。每一次努力后都会觉得事情已经过去了,已经告一段落了,可是每一次都是我的错觉。就好像我吃了很多好看的食物,但因为不合适吐了出来,而我发现那些食物掺和在一起很难看,并且觉得恶心。"说到这儿,我叹了一口气,接着感叹地说,"算了,即使你听了我的这些废话,也想象不出我身边发生的那些具体的事。"

江飞说:"或许我是想象不出你身边具体发生了什么,但能想象你的心境。前几天读了你写的一篇文章,里面说白日是梦,晚上是梦,梦中还是梦,当你明白你所做的一切不过是梦时,梦的本身已经替你证实了。"我十分惊异地看着他。他接着说:"你写的是最坏的结果。我个人觉得,一个女人如果没有切身之感,应该写不出这么绝望的句子来。所谓写作,就是言之有物吧。有了那么回事才有了那些话。在写作者那里,经过了宏观上的整理和分析,笔下的具体和深刻就会比生活本身更清晰。所以你可以告诉我那些具体的事和问题,以便我了解你面临的现实到底是不是真的那么绝望。"

我回应说:"我写的跟我的现实是两码事。"我一直觉得文学的作用跟中医里的解毒效果差不了多少。

江飞说:"如果你不想跟我说的话就不必说。"

我说:"我本来以为,男女之间的关系,只要是没有上床就不算出轨的。"

江飞问我:"致远不肯相信你?"

我说:"他执意要跟我离婚。"

江飞说:"有时候,有些男人在乎的并非上床,而是有没有动感情。"

我说:"动没动感情,也许很难有一条明显的界线来衡量,但如果忘情也算动感情的话,我也没有什么可以抱怨的了。不过真的很烦,有时候我会想,我之所以会忘乎所以,也许是我的天性导致的吧。刚才你也见识过了,我不能干净利索地处理事情,我总是优柔寡断,你肯帮我去退衣服,除了你了解我,也因为你有情怀吧,还有你相信说真话的意义。"

江飞说:"你想得太多了,我没想这么复杂,不过是试试看而已。你跟致远没试着挽回局面吗? 你同意离婚了吗? "

我说:"不能算同意了,但非离婚不可了。做出这个决定的过程很长,实在是发生了很多非常糟糕的事,我过不下去了,反而觉得离婚是唯一的解脱。说真的,致远在某些地方比较偏执,比如我的交友关系。他太在乎我跟其他男人的来往了。"

江飞说:"你看你的样子,满脸都显示出自卑和绝望。你眼角的这块乌青是他干的吗?"看见我点头,他接着说,"也许有人不赞同,但我就是觉得男人不可以向女人动手。既然致远动了手,我也觉得你跟他的婚姻不可救药了。"

我说:"是我先动的手。我们已经开始分割财产了,家电和家具以及存款都好说,就是房子比较难办,因为我不同意出售,但又想不出什么好的办法。"

江飞问我:"你想留在那个房子里? "

我回答说:"那个房子是我唯一的容身之处。还有,如果我按照致远的意思出售房子的话,感觉上似乎在逃离以往的人生。"

江飞说:"其实有一个比较简单的办法,就是你找人给房子估个价,一人一半的话,你看看他应该得多少钱。然后你先把手头的现金都给他,剩下的钱你可以以分期付款的方式还给他。夫妻一场，他总不会向你要利息吧。"

我说："这个方法有一个前提，就是他首先要信任我。"

江飞说："他不信任你也没有关系，你可以让他找律师做公证啊。"

我说："那好吧，我试着跟致远谈一下，他很可能不同意的。"

江飞说："我们两个人不可能老是站在大街上说话，最好找一个地方喝点儿酒或者咖啡。"

我看了看四周，不远处就有一家咖啡店，于是用手指着那里说："干脆就去那家咖啡店吧。"

24

我跟江飞在靠窗边的桌子那里坐下。他点了两杯美式咖啡，但我要的是加冰块的。他开始跟我讨论离婚的问题，执着地认为离婚不过是一场不太严重的事故，虽然受了点儿伤，但不至于送命。为了让我振作起来，他甚至形容我现在的境遇不过是在人生的旅途上遇到了一条小水沟，只要把脚抬高一点儿跨过去就可以了。他说等在我前面的是一个新的起点，我要像一只小鸟一样自由地飞翔。说真的，我很感谢他对我的安慰，但在心里又觉得他的安慰十分空洞。无论如何，跟致远的婚姻占据了我全部的青春，我无法摆脱那种残缺的、失败的感觉。一口井已经被废弃了,如今打水来填满它,只能说是费力不讨好。废掉的井怎么可能被填满呢?我努力了那么久,花了那么长的时间,无非就是想拴住致远的心,这在道理上跟想填满废井的行为是没有区别的。这也是人的局限性吧。

江飞还在说:"不可预测的未来才是最好的,因为人在得知了自己的未来后,会失去追求的兴趣。一个人的价值,不能在情场上做衡量,因为在一个打五分的异性那里失败的人,有可能在一个打十分的异性那里获得成功。婚姻失败并非意味着做人失败……"都是一些充满了真理的废话。我对他说:"结婚后,我跟致远相互成为对方生命中的一部分,而离婚就好像要切开这部分,伴随而来的不仅是感情上的痛苦,还有生理上的痛苦,是双重的痛苦。"我问江飞:"你有没有那种心被什么吞噬的时候,有没有浑身无力只想瘫在沙发上一动不动的时候?"他回答说:"有。"

我说:"没想到我的婚姻这么快就完蛋了。"

江飞点了点头,谈话戛然而止。沉默了一会儿,我主动提起了那个不愿意再扯出来的话题:"你还记得在威海举办的那个笔会吗?"

江飞问我:"你的意思是,那个男人也去了吗?"

我点了点头,希望江飞保证不把我告诉他的名字告诉其他人。他说他保证。听我说了刘启明这个名字后,他困惑地说:"我们单位里的很多人知道他。他是一个花边人物,他的风流故事很多。"

我说:"是这样的。"

江飞说:"如果是他的话,我觉得他对你的感情未必是认真的。仅仅在文学圈子里,传言跟他有关系的女人就有一沓。我真的不愿意把你也放在这一沓里。"

我说:"我也听说过跟他有关的一些八卦,但仍相信他对我是认真的。即使那些八卦是真的,那个时候的我可能也不会在乎的。"

江飞说:"不过从一个男人的角度看,他确实像是八卦中的那种人,那种对女人有广泛兴趣却又不认真的男人。"

我耸了耸肩膀说:"早知道你对他有看法,我也许不会向你说出他的名字。他对我的感情很认真,只是我没有办法向你解释。"这时候,我的脑子里涌出很多跟刘启明有关的事,只不过没有一件事是可以摆在桌面上跟江飞辩解的,再说我也不想辩解了,因为我跟刘启明也"拜拜"了啊。刘启明的出现,就像是试金石,特地来检验我跟致远的爱情是不是经得起考验。我没有办法描述想起他时的心情,反正掺杂着一丝苦涩,或者说是对自身的嘲讽。无论如何,因为他的出现,我跟致远才走到了离婚这一步,但我跟刘启明也没能走到一起。这样的情形,可以说是鸡飞蛋打吧。

江飞问我:"你跟刘启明有可能吗?"

"完全没有可能,但我不否认他在我的心里多多少少还是留下了一点儿印迹。"我盯着江飞的眼睛，抬高了声音接着说，"其实我从头到尾都没有想过要跟他结婚，从头到尾也没有想过要跟致远离婚。在他那里，我是有点儿忘情了，或者说忘乎所以了，但没有动过那种感情。"

江飞问我："哪种感情？"

我说："爱情。只是我意识到这一点的时候有点儿晚了。"

江飞说："现在你可以不用想那么多了，但为了摆脱当下的心境，不妨找一件特别的事情做做。"

我说："我现在什么事情都不想做，你说的特别的事情，对我来说就是静一段时间吧。"

江飞本来戴了一顶帽子，这时候被他取下来放在膝盖上，灯光下他看我的眼神变得真切。他对我说："我有一个朋友，跟你同龄，也是女性，刚刚离了婚。她现在很想做点儿什么事，但又没有勇气一个人做。我介绍她给你认识一下，或许你们可以一起做点儿什么呢。"

我不知道应不应该去认识江飞所说的这个女人，但又不好意思拒绝一个跟我有着相同经历的女人，于是叹息了一声说："好吧。"

25

女人有一个很好听的名字，叫雪莹。

雪莹学的是设计,理所当然也包括服装设计。那天江飞带着我去她家,敲过门后,一个披头散发的女人出现在门口。或许因为她看起来比较难看,也或许她的样子给我的感觉有点儿怪,我忍不住多看了她几眼。所谓深颜和浅颜的区别正在于浅颜猛一看是好看的,但是越看越一般,经不住品味;而深颜却是猛一看是不好看的,但是越看越好看,经得起品味。她属于后者,在多看了她几眼之后,我发现她身上有一种我十分喜欢的味道,就是一种令人觉得不幸的味道。

　　雪莹全身的装扮无疑经过了精心的设计,大胆而又神秘。跟她寒暄的时候,我的目光一直在她穿的砖红色的 T 恤衫和背带牛仔裤上打转。她的身体过于消瘦,衣服和身体之间空空荡荡的。说真的,她身上那种楚楚可怜的感觉冲击了我,但她的笑容很明亮,像一朵刚刚开放的小向日葵。进屋后她让我们坐,实际上就是坐在地毯上。一张单人床随意地靠着一面墙壁,床前铺着一块地毯,地毯上有一张小方桌和四个坐垫。床头处有一个小书架,书架旁摆着一台电视机。特别醒目的是墙壁,一块红白相间的棉布被作为装饰用图钉固定在一面墙壁上,棉布上贴着很多她本人的照片。与之相对的那面墙壁上则挂满了各式各样的装饰品和布娃娃。挨着床的这面墙壁上挂了几件衣服。怎么说呢,她所需要的东西,似乎都在她伸手就可以够得到的地方。本该收在柜子和抽屉里的东西,也都摆在她目之所及的地方。

似乎被一种过于拥挤的东西淹没了,我感到呼吸变得沉重起来,不过我竭力控制着不让江飞和雪莹看出来。一定是我对墙壁表现出过于强烈的兴趣,雪莹问我她的房间是不是乱糟糟的。她用的是"乱糟糟"三个字。我赶紧说乱中有序,乱中别有一番味道。她问我家里是什么样子的,我说东西很少,甚至有冷冷清清的感觉。她笑着问我:"是你老公的兴趣吗?"我歪着头刚想出声,江飞马上替我解释,告诉她我正处在协议离婚的阶段,而今天带我到她家来,目的是想让两个有着共同遭遇的女人认识一下。雪莹跟着说了一句:"你的婚姻跟我一样不幸啊。"我尴尬地用笑声回答。她一只手托着腮,高高地挑起一对眉毛问我:"你有孩子吗?"我回答说:"没有。"于是她对我说:"没有孩子就没有后顾之忧和烦恼了,无牵无挂的,离婚后还能自由一阵。"我说:"是。""其实并不是我们女人的问题,"她看着江飞说,"现在好多男人太多疑了。"江飞问她:"你说的男人里是否也包括我在内啊?"她说:"你这么问的话,就好像我是在说你似的。"我跟着江飞一起笑。她突然问我离婚的原因,我想了想,坦率地说我不小心亲近了一个不该亲近的男人,老公发现后就不肯跟我一起生活了。她看着江飞说:"你看,我对男人的看法大致上是没有错的吧。"我反过来问她离婚的原因,她把她离婚的原因从头到尾地说了一遍,然后说那个男人现在很后悔,每天打电话给她,每次都要聊两三个小时。她学那个男人说话:"再也找不到像你这样好的女孩了,我很后悔没有珍惜你,请原谅我,我们和好如初吧。"我问她有没有和好的意思。她说:"我已经看透这些男人了,吃了那么多的苦头,不可能因为男人痛哭流涕,我们就再一次地听任他们的摆布。"她用的都是复数,比如"这些男人",比如"他们",比如"我们",给我的感觉是她连我也一起说了。

其实,雪莹说话的时候,我的脑子里真的在想刘启明和致远的事。刘启明的事好像发生在很久很久以前似的,而致远的事还是会折磨我。我跟致远,她跟她老公,都没有走到生孩子的那一站就各自前行了。我问她是否觉得她前夫是诚恳的。她说:"绝对是诚恳的。"我就说:"既然你认为他是诚恳的,为什么不肯原谅他呢?"她突然做出凶狠的表情说:"有一首老歌,唱的是'外面的世界很精彩,外面的世界很无奈'。就让他在外面精彩并无奈吧。"不过我还是追问她:"一日夫妻百日恩,你不会觉得他可怜吗?你不会心软吗?"她回答说:"我怎么会觉得他可怜呢,当初他决定抛弃我的时候一点儿也没有心软啊。"江飞接茬儿说:"那时候你一定很受煎熬吧?"她说:"我怎么会受煎熬呢,在我们协议完还没有正式办理离婚手续的阶段,有时候他想跟我说话,但我根本不搭理他。该吃饭的时候我就吃,该睡觉的时候我就睡。我有意让他发现他在我的眼里不过是行尸走肉,我有意折磨他。我看得出他其实很痛苦的。"她的手腕非常细,说话的时候做出一些相应的手势,很生硬。我觉得难为情,说我绝对做不到她这么坚强。她说她这么做并非装腔作势,不过是自欺欺人的小手段而已。她还说她能教给我的也就这么一招了。想想她的办法也没错,有谁愿意睁眼去看一个令自己不幸的男人呢。

雪莹问我和江飞要不要添茶,我觉得该离开了。走到大街上,江飞说雪莹原来不是现在的样子,离婚后才变成这个样子的。我努力想象雪莹离婚前的样子,但是什么具体的样子都想不出来。令我胆战心惊的是,雪莹不过比我早一点儿离婚了而已。现今离婚的人多得很,每个离婚的人都会发生变化吗?我会发生变化吗?江飞甚至担心我离婚后会变得跟雪莹一样。

说来奇怪,致远已经搬出去住了,但三天两头会回来住一次。我想他是用回家的方式暗示我尽早在离婚协议书上签字,尽早解决房子的问题。我想找个机会跟他商量一下江飞的那个建议。房子有一半是他的,他回来住也只是睡沙发,我似乎也没有权利拒绝他回家。我们不像是夫妻,也不像一般意义上的朋友。为了摆脱尴尬的气氛,他最初回来的那一次,我叫他跟我一起吃刚刚做好的生菜和煎鱼,他不客气地吃了。一起吃饭也无法使我们的关系变得亲近了。慢慢地,他再回来的时候,我发现他的态度和语调变得随和。有时候他就跟朋友串门似的拎几罐啤酒来,对我说:“一起喝一罐吧。”一次,在喝了酒之后,他问我:"最近怎么很少见你出差啊?"我低下头看自己的膝盖,他的脸上闪过一丝痛苦的表情,马上变得沉默起来。我们都意识到,有些事在我们之间变得敏感,不适合再说出来了。还有一次,他有意无意地把话题转到了房子上,说他认识的一个人的妹夫是做不动产的,因为那个人诚实可信,所以拜托那个人让他妹夫给我们的房子估个价格。说到这里他闭了嘴,我当然知道他是在期待我接话,但我只是"嗯"了一声。不过我还是鼓起了勇气,把江飞说的那个建议搬出来,还在最后补充说:"你可以找律师做公证的。"他说他需要时间想·想,如果想通了就开始办手续,至于找律师公证的事,还是免了吧。我说:"我担心你不信任我。"他回应说:"在这一点上,我对你是放心的。再说这是名副其实的协议啊。"我觉得我终于穿过了重重的障碍。

晚上,他去沙发的时候,我把离婚协议书递给他,告诉他我已经签上了自己的名字。我还建议所有的家电和家具都给他。他不肯,想了一个石头剪子布的方法,输的人先挑想要的东西。第一和第二次都是我输了,我挑了电视和吸尘器,他挑了冰箱和洗衣机。第三次他输了,他挑了沙发,我挑了写字桌和饭桌。全部的东西都分配完后,他好像挺满意的,对我说:"再过一些日子,这里就不是我们的房子了,而是你的房子了。"

下一个车站

26

那天夜里我睡不着，想起了那首我跟致远都喜欢的老歌。甚至在婚礼上我们也唱了这首老歌。我之所以跟致远恋爱并结婚，也许跟我们有共同的兴趣有关，我们都喜欢老歌。

老歌的名字是《让世界充满爱》。歌词如下：

轻轻地捧着你的脸

为你把眼泪擦干

这颗心永远属于你

告诉我不再孤单

深深地凝望你的眼

不需要更多的语言

紧紧地握住你的手

这温暖依旧未改变

我们同欢乐

我们同忍受

我们怀着同样的期待

我们共风雨

我们共追求

我们珍存同一样的爱

无论你我可曾相识

无论在眼前在天边

真心地为你祝愿

祝愿你幸福平安

为了练习，婚礼前我跟致远面对面地唱了一遍又一遍，唱得次数多了，觉得生命都是与对方同在的。我还记得他为我戴结婚戒指的细节，他的手哆嗦得让我担心戒指会从手指上掉下去。

我的脑子里还出现了另外一个细节。当我跟致远唱完歌，交换过戒指，他妈妈就走到我的面前为我戴花。但是戴了三次花都掉在了地上，最后他妈妈不得不用别针将花别在我的衣服上。他妈妈悄悄地附在我的耳边说："新娘子坐不住啊。"现在我不能解释那件事是不是一个预兆，但我跟致远的婚姻因为我的原因走到了尽头却是事实。我沮丧地想起了一句话：人什么都可以不信，却不能不相信神谕。如果说人生真的有定数，那么我跟致远的婚姻注定了就只有这么短的时间。

不久前，我在一次会议上认识了一位自称会看相的福建人，姓刘，在这里就叫他刘老师吧。刘老师先看了我的面相，又看了我的手相，得出的结论是：事业线很好，但是感情线不尽如人意。我让刘老师说具体一点儿，他说："在你的感情世界里，某个时刻，你会屈服于某种神秘的力量，你会因此而付出很大的代价。"看到我不解的样子,刘老师又说,"当你想要冒险的时候,就要保持理智。你不理智的话,事情就会变得不可收拾。"

我惊讶的是,我的情形和处境都被刘老师说中了,悲戚感油然而生,慢慢在我的全身蔓延开来。婚礼上花几次掉到地上,是因为命运提早感到了悲伤吧。当时我没有想到会跟致远离婚,否则在听了"新娘子坐不住"的话后,一定会羞愧得抬不起头。但我不敢保证刘老师说的"不可收拾"百分之百指的是我离婚的事,于是问他有什么方法可以避免"付出代价"。他说方法就是理智,但不妨戴一枚镶有绿色翡翠的戒指,因为那样可以时时刻刻提醒并告诫自己。

我真的去了一家首饰店,接待我的是一个中年女人,脸上有一副见过世面的投其所好的神情。我告诉她我想要一枚翡翠戒指。她问我要纯金的还是要铂金的。我想了想,告诉她要铂金的。翡翠绿得并不纯粹,像广阔天空中飘着缕缕白云。我把它戴到右手的无名指上,不久前那里还戴着纯金的结婚戒指。说真的,我很享受翡翠戒指戴在手指上的感觉,仿佛因为有了它,我从此就可以过上高枕无忧的生活。我还没有重启人生,但我不得不重启人生,真的是很感伤。

据说人养玉,而玉也养人,所以有的翡翠会越戴越绿。我每次洗手的时候都会刻意留意一下戒指上的翡翠是否变得比以前绿,但是有一天我跟同事去饭店吃饭,去洗手间洗手时发现戒指不在了。我脑子里最先想到的是，"付出代价"对我来说或许就是不可避免的命运吧。

跟同事们说再见后，我一个人顺着来路慢慢地走了一趟，很仔细地搜索了每一个可能落下戒指的地方。我在内心希望可以找回肩负着特殊使命的戒指，可是没有找到。所有对未来的不安再次在我的心里被激活，我想再去买一枚同样的戒指，但又觉得这么做的话，应该还会有同样的结局，这时候的我相信命运会做出同样的安排。

约好了上午十点去申请离婚登记，我跟致远商量好了似的都非常准时地到了民政局。他穿了一套灰色的西装，脚上是锃亮的皮鞋。我冲着他说了一声："早。"他看着我的脸说了一声："你好。"我们都没有笑。我用手指了一下民政局的大门，他跟着我默默地走了进去。

一男一女接待了我跟致远。女人不断地提问，先问我跟致远是不是合法夫妻，我跟致远同时回答说："是。"接着女人问我跟致远是否具有完全民事行为能力，我跟致远同时回答说："有。"接着女人问我跟致远申请离婚是否确实出于双方的自愿，我跟致远同时回答说："是。"接着女人问我跟致远对子女是否有妥当的安排，我跟致远一致回答说："我们没有孩子。"接着女人问我跟致远对财产问题是否有妥当的处理，我跟致远一致回答说："处理妥当了。"

以为协议离婚很简单，没想到女人会搬出这么多的问题来,而且在停止提问后向我跟致远解释说:"婚姻登记管理机关经过审查后,对符合《民法典》和《婚姻登记管理条例》的离婚申请,予以登记并发给《离婚证》,注销《结婚证》。当事人从取得离婚证起,解除夫妻关系。"也许我一脸的困惑,男人进一步解释说:"自婚姻登记机关收到离婚登记申请之日起三十日内,任何一方不愿意离婚,可以向婚姻登记机关提出撤回离婚登记申请。前款规定期限届满后三十日内,双方应当亲自到婚姻登记机关申请发给离婚证;未申请的,视为撤回离婚登记申请。当然了,只要婚姻登记机关查明双方确实是自愿离婚,并已经对子女抚养以及财产处理等事项协商一致,是会予以登记并发给离婚证的。"

出了民政局,我说这真麻烦,但是致远没有搭腔。我问三十天冷静期后谁联系谁,他犹豫了一下,说他会联系我。两个人默默地站了一会儿,我对他说:"再见。"他也重复了一句:"再见。"

这是我第一次离婚,应该说我在婚姻登记处的表现非常一般。毫无疑问,我的心里是很难受的,怎么说致远也是我的初恋。自从在威海认识了刘启明,我不得不经历了好几个月的痛苦,以被致远离弃的结果而告终。严格说的话,痛苦和这样的结果都是我自找的。跟刘启明的那些事,如今想起来会有一种难为情的感觉。也许没有人相信,本以为早就把刘启明这个人抛在脑后了,但是他带来的这场灾难让我再一次想起了他。被婚姻登记处的那个女人提问的时候，我的脑子里一瞬间还跑出了大雪天去看望刘启明的事，觉得很折磨自己。

　　也许是还没有拿到离婚证的原因，致远断断续续地还会回来睡在沙发上。江飞觉得致远这么做有点儿自负，虽然还没有拿到离婚证，但毕竟已经办理了离婚手续，已经不是夫妻了，连形式上的夫妻都不是了。江飞的一个朋友，手里有两处闲置的房子。江飞说他愿意跟朋友打招呼让我住到其中的一处。我本来有点儿犹豫，但是跟江飞去看房子的时候，浴室完美得让我立刻就下了决心。这浴室是我一直向往的格调，白灰印花壁纸通铺浴室墙面，下方贴上黑色方形瓷砖，搭配黑色的门与黑线白格方形地砖，尽显庄严。

27

　　"金窝银窝不如自己的狗窝"这话是真的。在别人家住了一个星期，我就开始想家了。

　　这天工作结束后回到借住的家，我简单地吃了个面包就去浴室泡澡。从浴盆出来后，无意瞥见映在镜子里的一张呆板的脸，心里忽然生出了一种忧伤和疲惫。我觉得不能在这里住下去了。

　　第二天早上去单位之前，我回了一趟自己的家，发现卧室里有一股浓浓的牛黄解毒片的味道，就在靠墙角的一侧。我太熟悉这股味道了，不用猜我都知道我不在家的日子里，致远是经常回来睡在已经按协议给了我的双人床上的。

两天后，早上不到六点，江飞就在我家公寓楼下等我了。这是我跟他商量好了的。我用钥匙打开大门，堂堂正正地带着江飞去了卧室。致远纹丝不动地睡在床上，整个脑袋都埋在被子里。我知道我的做法很过分，甚至有点儿卑鄙。其实我一看见致远用被子蒙住头就意识到自己的做法不地道了。但是我顾不上这么多了，我的脑子里一片迷茫，我的生活一塌糊涂，唯一的真实感就是我很想回家。如果致远睡的是沙发而不是床的话，我也许就不会这么恶毒了。

我假装找东西，把床头柜里的手电筒、充电器以及几张明信片都拿出来，最后拿出来的结婚戒指令我伤了一会儿心。然后我又故意慢慢地将所有东西一一放回去。

因为要上班，我跟江飞不得不离开。我心里知道致远也要去单位。走到门口时，我故意对江飞说："我打算明天就搬回家住。"江飞问我是否需要他帮忙，我回答说："不用。"

第二天是周六，我是傍晚回家的。按协议给致远的电器和家具都消失了，房间空了一半。致远离开前一定打扫了卫生，放过冰箱和洗衣机的地方一尘不染。我坐在饭桌前的椅子上，分不清此时是寂寞还是愉悦，也许一半一半吧。对了，结婚时买的一棵观叶植物，一直都是茁壮成长，快顶到房子的天花板了,或许是近来照顾不周的原因,叶子看起来有点儿萎缩。我为它浇了水,去附近的商场买了最小型号的新冰箱和洗衣机。为了能当日到货,我还特地多付了一些钱。也许是受雪莹的影响,我还买了一些相框和墙壁专用的装饰品。空空荡荡的感觉没有了,我希望生活可以在这里生出新的根来。

晚上我突然有了一股写作的冲动。我打开电脑,在写字桌前坐下来。

"亲爱的。"我仅仅写出了三个字就写不下去了。真的,我一点儿都不知道写作的目的是什么。

　　　　人有的时候需要一种境界,把自己置身在这种境界里,然后陶醉。

　　　　我为自己伤心。

　　　　我觉得对不起自己。

　　　　现实是世界上最无奈、最沉重的东西。

　　　　我的思绪分明是乱糟糟的。

　　　　积淀下来的情感令我觉得疲惫而又厌恶。如果这些情感能够像书架上的灰尘,用一块抹布就能抹去,该有多好啊。

　　　　我简直就是一个可笑的守望者,就像塞林格笔下的那个麦田里的守望者。

就在那一天,随便的一天,随便的一个地方,随便的一个人,一个男人,走上前来跟我搭话,我就被挂了一彩。那个时候,我全部的情绪都暗示出我内心的某种渴望。

那么你呢?

与你的一切都成为过去的梦了吗?曾经是非常明快温暖的你,怎么一下子就变得冷漠无情了呢?

你冷淡的背后是自卑吗?

我一直在苦苦地寻觅一个仅仅是因为爱而投身于他的男人,不幸的是,直到今天,这样的男人依旧是你。

在我的心里,你永远是独特的。

我伤心,对自己说我真不幸。

我把"亲爱的"三个字删掉,想想后干脆把刚写完的字全部删掉,重新开了一个头。

你好。不幸的原因是否在于婚姻呢?婚姻把一种自发产生的情感演绎成义务,而义务有束缚性。不少男人的野心比较膨胀,总觉得一切还没有开始就结束了。当女人的感情依旧新鲜的时候,男人的感情却生锈了。

是谁在我们中间打了第一棒?

第一滴血流自哪里,又流向哪里?

我把写完的文字看了一遍,觉得毫无意义,也不知所云,又全部都删掉了,然后关上了电脑。

28

回过头说雪莹。离婚后,她的变化不过是表面上的,其实在感情方面她还是寄托在一个叫大伟的男人身上。大伟也算是一个小土豪了,他喜欢雪莹身上的独特气质,或者说艺术气质,常常带着雪莹到各种饭店吃好吃的,也会送雪莹一些她喜欢的礼物。雪莹想嫁给大伟,也去过大伟的家并见了他的父母。但是大伟家的人对雪莹好像不太感冒,一是雪莹离过婚,而大伟没有婚史;再一个就是雪莹的相貌,如果大伟的家人肯坐在她的对面跟她好好聊上一会儿,就不会觉得她长得难看了。

大伟的妈妈对大伟说:"雪莹这个名字很好听,但是她长得好像一只小鼠,尖嘴猴腮的,没有福相。做生意的男人,应该选一个有福气的女人做太太。"这里说的小鼠不知道是老鼠还是松鼠,其实鼠这类小动物还是蛮可爱的,现在的很多男孩在挑女朋友的时候,都喜欢这种小动物类型的小脸女孩。

于是,当雪莹提到结婚的事时,大伟要么顾左右而言他,

下一个车站

要么搬出家里人的意见,做出一副为难的样子。雪莹意识到,大伟喜欢跟她在一起,但没有想跟她结婚的真意,而这才是两个人走不到一起的症结所在。

因此雪莹开始向往起外国男人,擅自认为外国男人比中国男人有真情。她打算有了钱就去美国或者加拿大或者英国。她问大伟能不能拿出钱来资助她出国,大伟不赞同也不拒绝,鼓励她做服装生意。

大伟说:"你想出国,每年怎么也要花一两万美金,不如租个柜台练习做生意,等你赚足了钱,赚了很多钱以后再考虑出国的事。"

雪莹说:"哦,但是我从来没有做过生意,不知道怎么练习。"

大伟说:"你没做过生意所以才不知道,虽然经验很重要,但是眼光更重要。你学过服装设计,可以设计一些款式,也可以瞄准一些好的款式进货出售。'两条腿走路',应该会赚钱的。"

雪莹说:"我没有资金进货。"

大伟说:"我可以投资的。"

雪莹问大伟:"你投资,意思就是你要跟我一起做生意吗?"

大伟回答说:"我很想跟你一起做生意,但是我经常东奔西跑,怕没有时间打理你的生意。你还是找一个信得过的朋友，一定会有朋友愿意跟你一起做的。"

雪莹理所当然似的想到了正在遭遇离婚的我。她给江飞打了一个电话，把她想租一个柜台卖服装的事说了一下，然后拜托江飞问我有没有跟她一起做的意思。江飞说他介绍我们认识，目的本来也是希望两个人一起做点儿什么事。江飞给我打电话，把雪莹的想法告诉了我。我确实想让自己忙碌起来，忙到没有时间想任何问题的程度，所以和雪莹租柜台卖服装的事一拍即合。

好久没有觉得阳光如此灿烂、空气如此清新了。我、江飞以及雪莹一边坐在咖啡店里喝着咖啡，一边就把事情商量好了。三个人都觉得可以试一试，也许真的可以赚点儿小钱。再说是大伟投资，租一个柜台加上初期进货的那点儿钱，以大伟的经济实力来说也构不成多大的风险。

现在我除了去单位上班，剩下的时间都在想生意的事。首要任务是找可以租给我们的柜台以及货源。就在这个时候，江飞得到消息：全国各省市的大服装厂将在北京的工艺美术馆搞联合展销。机不可失，江飞叫上我、雪莹和大伟去看展销。看遍了所有的展厅，四个人最终挑选出了一个品牌，是福建省石狮市一家中外合资公司生产的妇女用品，有胸罩、内裤、睡衣等品种。因为购买的数量比较多，大伟建议跟厂家商谈一下，按批发价来购买。我从来不喜欢跟人讨价还价，但是江飞和雪莹一致让我来做这件事。

下一个车站

展台内有三个售货员，两个年轻的女孩说话时卷着舌头，一听就是北京人，我想她们是厂家临时请来帮忙的。另外那个穿着蓝色衬衫、牛仔裤，个子高高的男人，看起来也就三十岁，长得很帅气，稚气十足的笑脸令我觉得非常温柔。他的脖子上挂着一条量尺寸的皮尺。雪莹悄悄地对我说："看起来这个男人是这里的负责人，样子也温和，就找他谈吧。"

我装模作样地把柜台里所有的商品仔仔细细地看了一遍，趁着没有客人的时候跟他搭话。听我说他们的商品好漂亮，他谢了我，问我想买什么，是否需要他做介绍。我告诉他想买，但不是买一件，要买很多。他再一次谢了我。我开门见山地说，既然我要买很多，应该给我优惠，也就是批发价。他说他很高兴我买他们的商品，但是他们不提供优惠，因为很多人到他们这里来，都是成箱成箱地买。这时我对他的好印象多少打了点儿折扣，但我不能就这么算了。我说成箱成箱买的也许是商贩或者团体，不在乎钱，但我是个人买，不能不在乎钱。他表现出认真思考的神情。一直听我跟他对话的两个女孩，这时候故意插进来捣乱。一个女孩对他说："文晴，帮我拿一件四三七。"另一个女孩说："文晴，要紫色的，LL号的。"柜台前根本没有客人，我又生气又觉得好笑。尽管如此，叫文晴的他竟然真的去找四三七了。我被冷落在一边，心里骂两个女孩是三八。过了一会儿，他回到我身边，我笑嘻嘻地说："文晴，优惠一下吧。"他默默地看了我一会儿，答应给我九折。我摇了摇头。他坚定地说八折，还说绝对不能低于八折了。我让他再使使劲儿。他说他只有打到八折的权力，再压低的话，只能请示老板了。一个女孩对他说："不卖不就行了嘛。不卖不卖。"我不搭理那女孩，请他去跟老板商量一下。他去了柜台的后边，不久带了一个男人出来。他向我介绍说那个男人是他的老板。我向男人伸出手，说了一声"你好"。男人握了一下我的手，也回了一声"你好"。文晴又对男人说我就是那个想购买商品的小姐。他竟然称我小姐，不过我觉得挺高兴的。

说真的，当我定睛注视老板的时候，心里似乎有一声惊呼，因为我看到了一双从未看见过的眼睛，像鹰的眼睛，似乎在默默地窥视着什么。关于第一印象，据说会通过心理冲动波及生理感应，在人的内心深处存下一个信号。以后每次遇到同一个人的时候，信号会不断地出现，刺激人的感受。其实，所谓的信号一说，早在刘启明身上就有了验证。刘启明给我的印象是性感，但眼前的男人给我的印象是一只巨鹰的形象。男人跟文晴小声地嘀咕了一句，我没有听清他说的是什么。男人回柜台的后边去了，文晴笑嘻嘻地告诉我，老板同意以批发价卖给我，可以选货了。我很高兴，把站在稍后的位置上，一直观看情形的三个人拉过来介绍给文晴说："这三个人是我的朋友。谢谢你和你老板啊。"文晴容光焕发地说："小姐，刚才不是我不肯给你优惠，是小姐长得太漂亮，想跟小姐多说几句话而已。"他在逗趣,或者说他油嘴滑舌,不过我还是有一丝兴奋,说:"别看你说得很好听,可我是绝对不会相信的。"我差一点儿把"商人"两个字说出来。不过我的经验告诉我,不是所有的商人都跟文晴似的能说会道。文晴接着刚才的话说:"我们老板并不是对所有人都优惠,就是小姐漂亮,所以小姐的面子比较大吧。"他口口声声"小姐"。我不再跟他调侃,开始认真选货。选货的时候,大伟偷偷地跟我说,一定是带到北京来的商品不想再带回石狮,所以才会给我们优惠价的,还说那个老板肯定是算计过的。我想大伟说的对。大伟还偷偷地给我和雪莹提了一个建议,就是抓住眼前的机会,让这家公司为我们的柜台提供独家货源。雪莹也赞同,说这家公司的商品款式真的很流行,估计会赚钱。我觉得可以试一试,于是再一次去文晴的身边,对他说:"我连你们老板的名字都不知道,你说我应该怎么谢他呢?"他从口袋里掏出一张名片给我说:"我的名片已经分光了,这是我们老板的名片。啊,对了,我们老板喜欢唱卡拉 OK。"我接过名片,反反正正地看了几遍,说实在做得太高级了。然后我记住了名片上的名字——李光耀。

于是我把今后的打算,也就是想租一个柜台,专卖他们的商品的意思对文晴坦白了,希望他可以帮我跟老板沟通一下,看看是否有合作的机会。他沉默了一会儿,说他很愿意跟老板沟通,然后就去了柜台的后边。

29

　　我主动说:"李老板,文晴说您喜欢唱歌,我们想请您晚上去卡拉 OK 唱歌,主要是为了感谢您给的优惠价。"

　　李光耀说:"文晴说你们的柜台想销售我们公司的商品。"

　　我回答说:"是有这个打算,但是柜台还没有选定,售货员也还没有招聘。"

　　李光耀问:"不是你们亲自卖货吗?"

　　我说:"我们都有自己的工作,但是会找一个女孩站柜台。"

　　李光耀说:"现在就买这么多的商品,是不是早了一点儿啊?"

　　我说:"不想错过我们看中的商品,反正衣服这种东西,只要保管得好,是不会腐坏的,再说我们一定会租一个柜台的。"

　　也许是我的诚意打动了李光耀,他问我晚上几点,在什么地方见面。这方面大伟最熟悉,我让他来决定,他想了想,说八点在梦幻世界唱歌好了。

　　八点整,我跟江飞、大伟和雪莹到了梦幻世界的门前,李光耀和文晴比我们来得早。我很惊讶,因为除了他们两个人,还有五位据说是李光耀的福建同乡。先是文晴和李光耀朝我们笑，大伟说了一句："不好意思让你们久等了。"我们的柜台还没有租下来，所以这是第一次接待客人，而且又是这么多的客人，但文晴偷偷地告诉我，五位同乡并不是来唱歌的，大家都是生意人，平时很忙，借这个机会聚一下而已。他还告诉我，在我们来之前，李光耀已经事先刷过卡了。我觉得不知所措，但打算装作不知道这件事，等离开店的时候假装去付钱，那时候再感谢他。

十一个人坐在同一间房里，房间给人的感觉很逼仄。我问文晴会不会太拥挤了，他说人多了热闹，只要我们不介意，他们也不介意。我又问李光耀喜欢唱什么歌，他反问我想唱什么。我说我从来没有在卡拉 OK 唱过歌。他笑起来说："那为什么还要来卡拉 OK 呢？"我说文晴告诉我他喜欢唱歌。他说如果大家都不唱歌的话，就想不出有什么更好的方式共度这段时间了。

我们喝着第一轮上来的饮料，文晴帮李光耀点了一首闽南歌，名字叫《爱拼才会赢》。我完全听不懂歌词的意思，文晴告诉我，说这是台湾作曲家陈百潭作词作曲，后来被很多歌手翻唱或改编的一首歌。他说李光耀特别喜欢这首歌，每次来卡拉 OK 唱的都是这首歌。看我困惑的样子，他掏出手机帮我查了歌词：

一时失志不免怨叹

一时落魄不免胆寒

哪怕失去希望

每日醉茫茫

无魂有体亲像稻草人

人生可比是海上的波浪

有时起有时落

好运歹运

总嘛要照起工来行

三分天注定

七分靠打拼

爱拼才会赢

一时失志不免怨叹

一时落魄不免胆寒

哪通失去希望

每日醉茫茫

无魂有体亲像稻草人

人生可比是海上的波浪

有时起有时落

好运歹运

总嘛要照起工来行

三分天注定

七分靠打拼

爱拼才会赢

人生可比是海上的波浪

有时起有时落

好运歹运

总嘛要照起工来行

三分天注定

七分靠打拼

爱拼才会赢

　　我问文晴:"你们老板是个爱拼的男人吗?"他说拼是成功的标志,仿佛在肯定李光耀已经很成功似的。我说很想见识一下他们的公司,他说他们公司有王府井百货大楼那么大,有上千名员工,还有自己的招待所,如果我真的去了,可以住在招待所里。

　　后来,我跟李光耀也聊了几句,关于我问的展销会期间的收获,他说货卖得很好,带来的货几乎卖光了。我说我一直都在买内衣和睡衣,为什么从来没有见过他们公司的商品。他说是他的眼光不够,忽略了国内的市场,一直在搞外销。如果不是偶然参加了这次展销会,他可能还意识不到国内的市场这么大。他对我说:"我们打算想办法把这块市场尽早地找回来。"然后他还跟我聊到了日本,说他怀疑日本女人的内衣只穿一天就扔,因为订货源源不断。他的眼睛虽然给人敏锐的感觉,但是说起话来却有点儿慢声细语。相反,自从进了卡拉OK店,文晴从头到尾都很安静,也不跟我们逗趣了。大家都顾着聊天,没怎么唱歌,也没怎么吃东西,酒水却喝了不少。李光耀还说他很快就会再来北京。这么说吧,我们打算租柜台卖货的想法给了他启发,他决定在最热闹的王府井大街也租个店铺。他突发奇想,说既然我们想做生意,想租柜台,还不如帮忙管理他们公司将会在北京开张的店铺。我对帮他管理店铺的事有点儿摸不着头脑,但雪莹似乎喜欢他说的这个方法。雪莹问钱怎么分,他说细节等他下一次来北京的时候再谈。

　　一个星期后,李光耀联系我们的时候,已经在王府井大街上租了一个店铺。他对我说:"你的工作跟媒体有关,我想在开张前搞一个商品的广告宣传,不知道你能不能帮上忙。"我问他是不是想搞一个新闻发布会。他说是。我问他能不能拿出一点儿商品做送给记者们的礼物,他说没问题。关于帮忙管理北京店铺的事,为了聊得更具体一些,他说晚上会打车过来接我跟雪莹去他下榻的酒店。我说他不用跑来跑去的,不如我跟雪莹去酒店找他。

　　不过是由大伟给雪莹提的一个建议开始,想不到事情进展得这么快,并且这么顺利。然而放下电话后,我忽然有了一种不真实的感觉。实际上,我有自己的本职工作,雪莹找我搭伙的时候我想的很简单，不过就是进点儿喜欢的货，找一个女孩站柜台，赚点儿小钱。说穿了，就是做点儿什么事，分散一下因离婚而积压在两个人心里的抑郁罢了，如果李光耀不提出让我们做北京店铺的代理，如果雪莹不是对做店铺代理这件事很感兴趣的话，我这里根本没有什么负担的。对我来说，帮李光耀做店铺代理并不是一件容易的事，而是一件超出了我想象范围的事。再说了，我这个人，从来也没有将两件事同时做好过。此外，有些想法出现在脑子里也令我觉得不安，比如：工作会不会受影响？遇到长期出差的话怎么办？过于劳碌的话身体是否吃得消？雪莹跟我不一样，不仅热诚，还有坚定的决心，并且有大伟作后盾。从某种意义上来说，她正等着新世界敞开大门拥抱她。无论如何，我的内心有一种抵触情绪。

晚上，跟雪莹走进酒店后，灿然的灯光和豪华的场面令我觉得眼花缭乱。我不安地对雪莹说我不懂也不是很喜欢做生意，租个柜台玩玩是可以的，来真格的话，十分担心日后会给大家带来麻烦。雪莹说，我不尝试怎么知道自己做得了还是做不了呢。我说租一个柜台没问题，但帮李光耀管理店铺的话，担心自己会迷失本心，会身不由己地卷入某一种激流里，而我近期是不想经受任何跌宕起伏了。雪莹让我千万不要把这些想法说给李光耀和文晴，至少今天不能说。我向她做了保证。然后雪莹朝前方努努嘴，告诉我她已经看见李光

203

耀和文晴了。这时候李光耀和文晴也看到了我们，开始朝我们走过来。他们的脸上带着轻盈的笑。

几天前我跟致远拿到了离婚证书，我们离婚的事传遍了单位和我们居住的公寓。不知道消息是怎么传开的。离婚并不是一件丢人的事，但经历本身不能不说是一种负担，感觉上也不能说没有一点儿尴尬。离婚作为一种要素，确确实实改变了我的一些心态和想法，而我觉得做生意等于下到另外一片大海，既然是海，就有不稳定的状态潜伏其中，而我真的不想再折腾了。我的意思是，大海是导致我婚姻崩溃的地方。现在我的面前开着两扇门，而我必须关上其中的一扇，回归属于自己的那个世界。现在我需要作出判断，在判断之前我已经有了选择的自信。

就是这样，虽然跟李光耀、文晴以及雪莹一起喝着优质的咖啡，可我心里连半点儿做生意的心思都没有。我想要的不过就是一个小小的柜台，跟找个医生聊聊病情没什么两样。对于我来说，调整人生或者说重启人生的最好方法就是维持现状，把眼前凌乱的生活整理好。

跟李光耀的合作还没有开始，我已经在做逃离的准备了。

到时候我会对雪莹说："对不起，我做不到。"我会找一些理由来说服她，如果她执意要跟李光耀合作，就让她放弃跟我合作的打算。

30

致远当真没有找律师做公证,但房子真的属于我一个人了。

有时候我会想,因为刘启明的出现和我的不小心,我的人生到底付出了多大的代价呢?但在这个世界上,似乎找不到用来衡量人生的尺子。

转来转去,就因为不小心多坐了一站地,现在真的只剩下我一个人了。我明白了一点,人生在死之前是没有终点站的,有的只是下一个车站,而在下一个车站等待你的,永远不知道是什么。

明明是亲身经历的事,回忆起来却像是翻来覆去听过的老故事。

虽然现实总是跟内心所想的不吻合,不过一切都过去了,不对,应该说一切都过来了,因为我发现自己有信心过一种跟过去不同的新生活。